張曼娟
·奇幻學堂·

火裡來，水裡去

張曼娟、高培耘——策劃·撰寫
蘇子文——繪圖

十年一瞬間——學堂系列新版總序

張曼娟

常常在演講的時候，遇見一些年輕的讀者，他們從容自在的聆聽，意會的頷首，耐心等待著我為他們的書簽名，而後，像是要傾訴一個祕密那樣的靠近我，微笑著對我說：「曼娟老師，我是讀著【○○學堂】長大的。」【奇幻學堂】、【成語學堂】或是【唐詩學堂】就這樣被說出來，說的時候，帶著對於童年與成長的溫柔依戀。

啊！這一批孩子們已經長大了啊，他們看起來，都是很好的成年人了。也許不是念文學相關科系的，可是，他們一直保持著對於文字的敏感度，對於人情世故的理解。

「老師什麼時候要為我們這些小孩子寫書呢？」到現在，我依然能聽見最初提出這個請求的那個女孩，對我說話的聲音。

而我確實是呼應了她的願望，開始創作並企劃一個又一個學堂系列。

以【奇幻學堂】為起點，我和幾位優秀的創作者：張維中、孫梓評、高培耘與黃羿瓅反覆的開會討論著，除了將古代經典的寶庫傳承給孩子，更想與他們一同走在成長的路上，不管是喜悅或失落；不管是相聚與離別，都是生命的課題，都那麼貴重，應該要被了解著、陪伴著，成為孩子心靈中恆常的暖色調。

這樣的發想和作品，獲得了許多家長、老師的認同，更令我們感到欣喜莫名的是，孩子們的真心喜愛。於是，接著而來的【成語學堂Ⅰ】、【成語學堂Ⅱ】和【唐詩學堂】也都獲得了熱烈回響。

十年之後，那個最初提議的女孩，化成許多個大孩子與小孩子，來到我的面前，與我微笑相認。讓我們知道，當初不只是古典新詮，更是探討孩子成長中各種情境的系列作品，有著這樣深刻的意義。

也是在演講的時候，常有家長詢問：「我的孩子考數學，演算題全對，但是一到應用題就完蛋了，他根本看不懂題目呀。到底該怎麼辦？」這是發生在許多成績優秀的孩子身上的悲劇。

「中文力」不僅能提升國語文程度，而是提升一切學科的基礎，這已經是陳腔濫調了。中文力，不僅是閱讀力，還有理解力與表達力。能不能看懂考題，在考試時拿高分，固然重要。然而，更大的隱憂卻是，應付考試，得到高分的歲月，只占了短短幾年，孩子們未來長長的人生，假若沒有足夠的理解與表達能力，他們將如何面對社會激烈的競爭？如何與他人建立良好的人際關係？這樣的擔憂與期望，才是我們十年來投入許多心血與時間，為孩子創作的初衷。

我們感知到孩子無邊無際的想像力，在成長中不斷消失，於是創作了【奇幻學堂】；察覺到孩子對成語的無感，只是機械式的運用，於是創作了【成語學堂】；發現到孩子對於美感和情感的領受，變得浮誇而淺薄，於是創作了【唐詩學堂】。

十年，彷彿只在一瞬之間，許多孩子長大了，許多孩子正在成長，我們仍在創作的路上，以珍愛的心情，成為孩子最知心的陪伴。

目次

序

創作緣起

把故事還給孩子

張曼娟

當我們還沒看過哈利波特；還不認識神隱少女；還不知道魔戒的威力的時候，孩子們都聽什麼故事呢？

當我只是個小孩子，家裡並沒有什麼課外讀物，可是，夏天搖著扇子的晚上，大人一邊拍打蚊子，一邊對我們說起牛郎織女的故事；冬天圍在暖烘烘的棉被裡，腳趾頭抵著腳趾頭，緊張兮兮的聆聽目蓮下十八層地獄救母的故事。一個又一個故事，神奇的、魔法的、天上地下，充滿想像力，灌溉著我們日漸伸展的四肢與軀幹。

然後，某一天，我聽見了三太子李哪吒的風火輪劃過天際，聽見他在河邊戲水，與龍王三太子大鬥法，竟然抽出龍筋的英勇事蹟。哪吒的火尖槍和乾坤圈，是那麼炫奇；他死後變為蓮花身返回人世，是如此異樣。

最最重要的是，他只是個小孩子，和我一樣。

一個小孩子，可以大鬧天庭，把龍王整得七葷八素，這麼高強的本領，這麼叛逆的性格，都教我們興奮得不得了。

我們慢慢長大，電視進入每一個家庭，一個按鍵，就喚來動畫。日本動畫是孩子最好的陪伴，從「小甜甜」、「無敵鐵金剛」到「哆啦A夢」……伴著我們一代又一代，成為生命中的主題曲。

哪吒到哪裡去了呢？

我們的孩子該有怎樣的冒險？

那一年，看完《神隱少女》，從戲院中走出來，站在西門町街頭，心頭還縈繞著感動，同時，卻也有些悵然若失。同樣是東方，同樣擁有自己的傳說和傳統，我們的少女又該有怎樣的冒險呢？如果不走進泡溫泉的湯屋，她該走到哪裡去呢？如果沒有遇見湯婆婆，她也許會遇見鐵扇公主，那麼，又會發生什麼樣的故事呢？我怔怔的想著，綠燈忽然亮起，就這樣被過馬路的人潮推擠，到了對岸。過了馬路，其他的事吸引我的注意，這惆悵也就扔過一旁了。

接著，我看見身邊的大朋友、小朋友，人手一本《哈利波特》，津津有味的閱讀著。捷運上，教室裡，這法力確實無邊，收服了所有人。

我念小學的姪兒，總是催著我問新一集的《哈利波特》出來沒有？我告訴他，得等一等，還要翻譯啊。他於是抗議了：「奇幻故事這麼好看，我們為什麼沒有中文的書？都要看外國人的？」

這質問讓我一時之間，無法作答。

找回屬於孩子的奇幻與魔力

我很想告訴他，我們在許多許多年前，古時候就有很多好看的奇幻故事了，只是，你們都不熟悉，都不了解。但是，他們為什麼不熟悉、不了解呢？這些奇幻故事，是我們的祖先留給孩子的瑰寶，我們曾經是保管人，保管並且享用，然後，應該交給我們的孩子。然而，這些豐富有趣的故事，自我們之後，彷彿便已失傳。我們顯然剝奪了孩子的繼承權，令他們失去了寶藏的，難道竟是我們嗎？

我感到了急迫與焦慮，感到一切都要來不及。

作為一個創作出版超過二十年的作家，我知道，要消解這樣的不安，唯有寫作。要把奇幻與魔力找回來，才能完好無缺的交付給我們的孩子。

【張曼娟奇幻學堂】的童書工程，就是這麼開始的。

我們選擇了四個不同風格的奇幻故事，從唐代的〈杜子春〉、明代的《封神演義》、《西遊記》到清代的《鏡花緣》，各挑出一個主要人物，成為奇幻冒險故事的主角，重新改寫，讓孩子在閱讀的時候，完全忘記他們讀的是幾百年或千年以上的老故事。這些嶄新的故事，令人目不暇給，節奏感快速，感覺更現代，而在一個雲霄飛車似的轉折之後，滿懷著深深的感動。

《封神演義》的哪吒

《我家有個風火輪》，哪吒是個巨嬰，生下來便神力無限，這故事還能有什麼新的發展呢？我送給哪吒一個姊姊，花蕊般小巧、纖細而柔弱的姊姊，當我在讀經讀詩和寫作的「張曼娟小學堂」上課，發現小朋友們最焦慮的就是：「如果長不高怎麼辦？」大人總是安慰孩子：「等你長大就會長高嘍。」事實上，並不是所有的孩子長大之後，都會變成高個子。我們給孩子一個虛妄的希望，再讓這希望落空，未必是一件好事。於是，我創造了一個矮小的姊姊花蕊兒，與身形巨大、本領高強的哪吒做對比。

花蕊兒，她看起來什麼本事也沒有，可是，她能敏感的體會愛。她能感受愛，也能付出愛，她以自己小小的身子護衛弟弟，堅強的意志力感動了巨鵬與逼水獸，是她纖細的小手，從冥界將哪吒牽引返回人間，滿身蓮花香。

我是這樣對花蕊兒說的：「長得高不高不要緊，身體只是一個罐子，罐子裡面的東西才重要。」

《唐傳奇》的杜子春

《火裡來，水裡去》，是唐朝傳奇〈杜子春〉改寫的，這是一個試煉意志力的故事，也是個測試恐懼感的故事。每個孩子都有懼怕的事物，當我們對孩子說：「不要怕啊！沒什麼好怕的。」不妨也想想我們的恐懼。長成大人的我們，也不可能無憂無懼啊，更何況是小孩子。那麼，就讓我們面對面的把恐懼看個清楚吧。

童年杜子春怕的是火蟻，因為他小時候曾經被火舌貪婪的吞噬，這被火焚燒的記憶已經淡忘，恐懼卻如影隨形。子春在那場大火中，失去了母親，也失去了真相，他在謊言中成長，成為一個偏執的少年和青年，直到家產揮霍殆盡，遇見一個賑濟他的老人，一切才有了轉機。老人三番兩次贈送子春巨款，他為了知恩圖報，答應為修道的老人看守丹爐。「不管看見了什麼，都是幻象，絕不能發出聲音，否則就會功虧一簣了！」

杜子春面對各式各樣的挑戰，恐懼的極限，他都咬牙撐過去了。直到轉世投胎成為女人，生了孩子變為母親，那一個關卡，怎麼也過不去。我會對淚流滿面的杜子春說：「父母對孩子的愛，是不可思議的，我們只得順從這強烈的情感。」

《西遊記》的孫悟空

《看我七十二變》，孫悟空啊，這石頭裡蹦出來的猴子，大鬧天庭無敵手，駕著筋斗雲，一衝十萬八千里。當一個唯我獨尊的美猴王，該有多麼快活？他為什麼竟心甘情願的成為唐三藏的大弟子，護著師父西方取經去？每當我看見唐三藏唸起緊箍咒，悟空疼得滿地打滾，總是覺得好不忍心。

在我們新編的故事中，唐僧與悟空不只是師徒，原來還是親兄弟。上一輩子，悟空乃是個粗心大意的哥哥，唐僧卻是崇拜著哥哥的弟弟，成天跟在哥哥身後，不管換來的是怎樣的冷漠與不耐煩，都無所謂。為了救親愛的哥哥，弟弟犧牲了自己的性命。這一輩子，悟空不管被唐僧如何誤解、怒罵、斥逐，都不離不棄，誰為兄？誰是弟？都不重要，重要的是，在前往西方的道路上，只要我們同在一起，每跨出一步，都充滿力量。

《鏡花緣》的唐小山

《花開了》，是《鏡花緣》的再創造。那是在清代最封鎖閉塞的年頭，卻有這樣充滿想像力的探險，在二十一世紀看來，仍適合蠱惑我們的孩子。這故事當然要由孩子領銜演出，那麼，就設定為唐小山和唐大海吧。這一對姊弟，姊姊不是一般的女生，弟弟也不是一般的男生。「我是個男生，可是，我跟別的男生不太一樣，怎麼辦呢？」我常會聽見孩子這麼問，也會看見父母親擔憂的眼神。不一樣就不一樣吧，有什麼關係呢？誰說男生一定要酷愛運動？女生非得斯斯文文呢？

小山姊姊武功高強，膽識非凡，她被揀選了，成為遊歷四海的姑娘；大海弟弟喜歡種花，體貼溫柔，他被揀選了，守護著家園，奉養著母親。每個孩子生在這個世界上，都有他的使命與作用的啊。我們不該執迷於自己的期望，我們該做的是歡喜成全，讓他們長成健全快樂的成年人。

敲響奇幻學堂的鐘聲

這四個故事，各有不同的風格，我與三位年輕優秀的作家——高培耘、孫梓評、張維中——花了一年多的時間，一起挑選、反覆討論，終於完成。四部作品完稿的那一天，恰好經過西門町，依舊是潮水似的人群，等著過馬路，而我站立在人群中，感覺心安理得。

【張曼娟奇幻學堂】的鐘聲敲響了，故事振動著想像的翅膀，帶領孩子飛進充滿香氣與歡樂的世界。

把飛鳥還給天空，天空便有了生命。

把故事還給孩子，孩子便有了魔力。

謹識於二〇〇六年九月二十八日教師節

人物榜

前世

杜子春

最喜歡花錢的富家少爺。眉清目秀，體魄健朗，雖是紈褲子弟，卻有點莽撞的俠氣。生平沒什麼偉大志向，不求功名也不求富貴，只愛當個到處散財的貴公子。朋友很多，卻沒有一個知心；錢花得爽快，卻得不到真正的快樂。後來在父親的安排下娶了妻子，卻也是到了洞房花燭夜，才明白多年來隱藏在心底的結，從未解開。

後院女鬼

全新的角色。一個只在半夜才出現的謎樣女人，身形清癯、長髮覆面，行蹤飄忽不定，從不曾開口說話，也沒讓杜子春看過她的面容。她會幫杜子春蓋被子，甚至當他作惡夢的時候，還會拍拍他要他安心。雖然杜子春對這個傳說中的女鬼感到恐懼，可是，恐懼的情緒中，卻又夾雜著一些連他也不明白的倚賴。

老人

一身仙風道骨的白髮老者，總在杜子春最落魄的時候突然出現救濟他，卻從不曾表明身分，更沒開過口要杜子春拿什麼東西來交換。杜子春在數次大起大落後，痛改前非，並且明白自立的意義，被杜子春視為再造恩人。

杜興

全新的角色。杜子春的父親，是中國典型的父親形象，嚴肅、不善與孩子溝通。一心為家庭打拚，到最後雖擁有富甲一方的財產，卻從不懂杜子春真正的心意，更因為對他的愧疚，縱容他成為不事生產，只知花錢的敗家子。

林芸

杜子春的妻子。出身權貴世家，卻沒有驕縱氣息，是一個集美貌與賢德於一身的聰慧女子，也是杜興精挑細選的媳婦。原是想藉由她來改變杜子春的浪子性格，但等到她明白丈夫揮霍無度的原因後，便不再強求他一定要變成有肩膀的好男人，更無怨無悔的陪伴杜子春度過風風雨雨的人生。

今生

王春

啞女。縣丞王勸的女兒，也是杜子春歷經十八層地獄折磨後，轉世投胎的新身分。從小體弱多病，但即使挨針或受傷，也從不吭聲。長大後與同鄉青年盧珪結為夫妻，生下一個小男孩。

盧珪

王春的丈夫。溫文儒雅的書生。從小父母早逝，卻沒放棄自己，反而努力讀書，成為王勸的學生，最後還考上進士。因為愛慕王春，多次懇求王勸後，終於與王春結縭。婚後日子幸福快樂，卻在某天突然性情大變，從此改變王春的命運。

盧孟

王春與盧珪的兒子。擁有一雙清澈明亮的眼睛，以及和王春非常相似的面容，很得王春的疼愛，而王春也從兒子身上感覺到一種無法言喻的熟悉。曾被盧珪以死威脅來逼迫王春開口，最後身陷火窟。

楔子

糾纏的惡夢

杜子春把自己藏得很好，誰都想不到他竟能在樹叢底下找到一個容身的地方。假山後面太容易被發現，柴房周圍也被翻過好幾百遍，這次又輪到號稱千里眼的丁丁當鬼王，他當然要機警一些，絕不能再去躲那些沒創意的地方。

沒多久，就有人被鬼王逮到，不管情不情願，都只能乖乖的站到鬼王畫的圈圈裡。

杜子春一動也不動的趴著，他可以看見丁丁的腳到處東奔西跑，也能聽見那些被抓到的人驚呼，有好幾次丁丁都恰巧停在他的正前方，說不定只要腳步再大一些，就會踢到杜子春的臉。

在那些驚險時刻，杜子春屏住呼吸，深怕一不小心就會被發現。最後，所有人都成為鬼王的俘虜，只剩下杜子春還不見蹤影。

「奇怪？子春到底躲去哪裡了？」丁丁的聲音滿是狐疑。

「會不會使詐躲回房間？」

「不會吧，都說好在這裡啊。」

「喂，鬼王，這麼久還沒抓到人，乾脆一點就認輸吧。」

「認什麼輸？」丁丁倔強的說：「就這麼一點大的地方，怎麼可能找不到？我只是還沒使出全力去找。」

「哇！鬼王要發威啦！」

鬼王和俘虜們一人一句，聽得杜子春樂得很，難道他們沒聽過「遠在天邊，近在眼前」這句話嗎？不過他沒打算就此現身，畢竟這裡是天才才想得到的地方，他不願意這麼快就公開，要當成自己的祕密基地。

不知道為什麼，鬼王和俘虜們討論到最後，竟然結成同盟，所有人的共同目標就是找到杜子春。

幸好杜子春一切了然於「耳」，因此，不管其他人是如何大呼小叫的想拐騙他出面，杜子春就是不吭聲。他也想試試自己是不是真有讓人找不到的本事。

想到號稱千里眼的丁丁就要在此破功，杜子春不禁得意起來。這時，他忽然心生一計，決定趁丁丁不注意的時候，冷不防從他背後出現，再用力將鬼王推進自己畫的圈圈裡。哈哈，這叫作繭自縛。

杜子春愈想愈樂，看著所有人像無頭蒼蠅一樣到處亂飛，他都快笑出聲了。哎唷，丁丁怎麼會那麼笨啊，明明自己就在這裡，在這麼明顯的地方，怎麼會找不到呢？又不是螞蟻……

突然，杜子春覺得腳踝癢癢的，他輕輕的用另一隻腳抓抓發癢的地方，沒想到另一隻腳也跟著癢起來。杜子春受不了，只好慢慢縮起腳，想用手抓。然而不抓還好，一抓竟連手背都癢了起來。

「怎麼會這麼癢呢？」杜子春心裡嘀咕著，不耐煩的回頭看了一下。

他在瞬間嚇呆了，全身直發麻，因為自己的下半身爬滿了密密麻麻的紅色大螞蟻，每一隻紅火蟻都張牙舞爪的向他的臉逼近。

杜子春一驚，再也顧不得抓鬼遊戲，連滾帶爬的衝出樹叢。他一邊焦

急的拍去身上的紅火蟻，一邊大聲喊救命……然而，沒有人過來幫他。

整座花園裡一個人影都沒有，所有人都像蒸發了一般。

杜子春又急又慌，漸漸的，紅火蟻爬進了杜子春的嘴巴，然後是鼻子、耳朵，最後竟爬進了眼睛，一陣陣如火灼燒的疼痛，讓他再也忍不住哭出聲……

不要……不要……

最後，紅火蟻覆滿了杜子春的全身，整個人就像被大火吞噬一樣，但他哪裡也逃不了，只能無助的啜泣。

不要啊……

第一回

夜的守護者

忽然，有人摟住杜子春，輕輕拍著他的背，要他不要害怕。撫觸很輕很柔，卻像一道堅實的護衛。

在安全的懷抱中，杜子春原本緊繃的身軀緩緩放鬆了。他睜開滿是淚水的眼睛，看見熟悉的一切，沒有可怕的紅火蟻，沒有隱身的樹叢，更沒有抓鬼遊戲。

夜半時分，他在自己的房間。

原來是惡夢。

杜子春鬆了一口氣。

不知道為什麼，這已經不是他第一次夢到紅火蟻了。從有記憶開始，可怕的紅火蟻偶爾就會竄進夢中，肆意的啃齧著他。而且，無論經歷過多少次，如火燎燒的疼痛依然那樣真實。

只是，每一次杜子春身陷夢魘時，總有人恰巧守護在他身邊，不讓他孤單的哭泣醒來。在溫暖的擁抱中，杜子春會感覺到全然的安心，因為懷抱如此熟悉。

即使，杜子春一直不知道，這個懷抱的主人究竟是誰。

有很長一段時間，杜子春以為是母親。

在白天，母親並不會表現出親暱的樣子，而且還會叮囑他男孩子一定要勇敢，不能懦弱。可是到了夜晚，母親的懷抱就是杜子春的避風港，雖然只是靜靜的摟著，卻是全心全意的包圍。

當時，杜子春不明白，為什麼母親在夜晚時分，從不開口說話？甚至，連身上的味道也不一樣？

直到後來，杜子春漸漸察覺到，那個偶爾在醒睡邊緣出現的女人；那個會擁抱哭泣的他的女人；那個會拉好他踢掉的被子的女人；那個會拭去他臉上微汗的女人，根本就不是他的母親。

而是一個完全陌生的女人。

他不知道她是誰，也從沒在白天見過和她相似的背影，家裡人上上下下那麼多，卻沒有一個女人像她那樣。

那樣的神祕，那樣的對杜子春付出。

就像此刻，杜子春被同樣的惡夢驚醒時，女人已經守護在他身邊。杜子春乖乖的被女人攬著，他輕輕嗅聞女人的味道，感覺女人的體溫。

不知道為什麼，每一次被擁抱的時候，就是杜子春心靈最平靜的時刻。

曾經，杜子春試著想看清楚女人的面容，但是他發現，即使在三更半夜，女人仍罩著一層只露出眼睛的面紗，什麼都看不見。

只有一次，當他無意間轉醒，看見女人正幫他把踢開的被子拉好時，忽然對上彼此的眼睛，女人驚覺，急急轉身快步離去。

杜子春不明白女人為什麼要躲他？明明關心他，卻不願意讓他知道她究竟是誰。

難道……

每次想到這裡，杜子春就不敢再想下去了，因為杜家大宅裡還有一個女人……只是，這個女人是否真的存在，杜子春也不敢確定，畢竟這是一個沒有被證實的傳說。

很小的時候，杜子春就聽說過自己家的後院「可能」住著一個女鬼。

當時，杜子春正蹲在假山後面玩，突然聽見幾個傭人閒聊的聲音，那些人聊得津津有味，一點小事就樂得咯咯笑。起先杜子春不以為意，直到某個原本嗓門很大的人忽然壓低聲音，說了幾句古怪的話，才引起杜子春的好奇心。

「這麼大的事，怎麼還沒聽說？」

「這幾天出遠門幫夫人買東西，還能聽說什麼？瞧你這副神經兮兮的模樣，快說，到底發生了什麼事？別再賣關子了。」

「就那個嘛……」

「哪個啊？你就直說吧。」

「她啊……又出現了，黃昏時被新來的阿卿撞見。」

「是嗎？阿卿還好吧？」

「不太好。那天她被人發現時，直挺挺的躺在花園裡不省人事，直到黃嬤嬤用力掐她的人中才醒來。不醒還好，一醒就吵個沒完，見人就嚷著鬼啊鬼的，說什麼沒鼻子沒嘴、到處坑坑疤疤……鬧了好久回不了神，大概是嚇傻了吧。後來黃嬤嬤帶她去廟裡收驚，喝點符水才恢復正常。」

「這麼慘。老爺知道……」

忽然，喀噠幾聲，所有人嚇了一跳。

大家心生恐懼的到處查看，沒想到竟然在假山後面看見小少爺，原來是他踢到石子的聲音。大夥不自覺的鬆了一口氣，隨後又使使眼色，一哄而散，偌大的花園只留下滿腹狐疑的杜子春。

後來杜子春才知道，原來父親早就告誡過他們，不准在他面前談起任何有關後院的事；就像他從小就被禁止踏進後院一樣。

不能談的話題，不能靠近的區域，這不就意謂著後院真的有祕密嗎？此外，如果那個神祕女人不是後院女鬼，為什麼三番兩次闖進杜家宅院，卻沒人發現？如果，神祕女人真的就是後院女鬼，為什麼她會擁抱哭泣的他？大家不是都說鬼會害人，會把小孩抓去吃……

杜子春其實已經分不清自己對這個奇怪的女人，究竟是哪一種感覺了？他更不明白，為何這個謎樣的女人靠近時，他總有一種莫名的心安。

這些詭異的夜晚，杜子春從沒跟別人提起過，他自己也不明白是為了什麼？

曾經有一次，杜子春想探探母親的口風，畢竟家裡住了一個女鬼，可是一件不得了的大事。他不相信人和鬼真的可以和平共處。那天趁父親不在，他決定開口問母親。

「娘，後院是不是鬧鬼？」

聽見杜子春問得這麼直接，母親嚇了一跳，表情變得很不自然：「鬼？誰說鬧鬼？」

「那些傳說到底是不是真的？」杜子春繼續問。

母親沒有回答，只是看著杜子春，然而眼神卻很複雜。

「您早就知道後院鬧鬼的事？」杜子春再度逼近。

母親低下頭，繼續手上的女紅，「我不知道。」

杜子春再也按捺不住，「大家都在謠傳，您怎麼可能不知道。」

過了半晌，母親抬頭看著杜子春，用生硬的聲音說：「人要是心裡有鬼，哪裡都會有鬼。」

聽到母親的回答，杜子春不再追問了。他知道不會有人告訴他真相。有一瞬間，他幾乎就要脫口說出夜晚的事，但後來忍住了。

誰說只有大人才有祕密，他也有一個天大的祕密。

所有人愈不讓他知道後院的事，他就對後院的事愈好奇。

雖然杜子春知道自己家的後院跟別人家不太一樣，但也不願意被別人臆測。

有一次，他和鄰居小朋友玩騎馬打仗，跨坐在他肩上的阿志突然低下頭，神神祕祕的問他：「喂，子春，聽說你家後院住了一個女鬼，是不是真的啊？」

「你說什麼？」杜子春驚訝的抬頭看阿志。

看見杜子春的反應，阿志彷彿明白了什麼，開始鬼裡鬼氣的對他笑起來，「不會吧！難道是真的？哈！你家……」

突然，杜子春猛不防的把阿志從肩上甩開。只見阿志整個人撲倒在地，跌個狗吃屎。

「唉唷！」趴在地上的阿志痛得直叫：「你幹麼啊？發什麼神經啊？」

在場的人都停下來，搞不懂這對士兵和馬發生了什麼事，戰爭都還沒開打呢。

「你敢再胡說試試。」杜子春抓住阿志的衣襟，惡狠狠的瞪著他。

阿志用力揮開杜子春的手，大聲說：「明明就鬧鬼，還不肯承認。」

杜子春知道阿志是故意的，他故意說得很大聲，就是要讓所有人都聽見。

他瞪著阿志，恨不得撕掉他的嘴巴，卻在無意間看見其他人的表情，竟然都是等著看好戲的樣子。

原來，大家早就知道有這麼一回事；原來，就只有他不肯承認。

杜子春再也忍不住，掄起拳頭就往阿志的臉上猛揮，阿志的鼻血噴了出來，沾得杜子春的衣服血跡斑斑。阿志想脫身，卻被杜子春死死的壓在地上，拳頭對著他亂飛。

「你家才鬧鬼……你家……你家後院才有鬼……」杜子春對著阿志吼，也像是對所有人吼，更像是在發洩大家都瞞著他的憤怒。

有一天，杜子春終於逮到機會。他避開大人的耳目，偷偷跑進那個偏僻的禁地。

起先，他有些膽怯。畢竟這裡是他一直被禁止靠近的地方，更何況，傳說中的女鬼很有可能就住在這裡。

沿著陌生的小徑七彎八拐前進，兩邊的樹木又高又濃密，放眼望去，到處都是陰森森的感覺，而且四周都飄滿了不知從哪裡來的白霧。

杜子春走得膽顫心驚。他其實不只怕鬼，更怕自己會迷失在這裡，再也出不去。卻也是到了這個時候，他才知道自己並沒有想像中的勇敢，他根本就不是眾人眼裡的小霸王。

愈往裡面走，杜子春的心跳就愈大聲，撲通、撲通……而且有好幾次，他似乎聽見林子裡傳來奇怪的聲響，像是腳步聲，又像是樹葉搖動的聲音。眼前愈來愈詭異了。

杜子春不敢走得太快，他怕女鬼要是突然出現，自己會撞到而來不及逃命；但他也不敢走得太慢，因為在這裡耽擱愈久，就愈容易被其他人發現，搞不好回去後還會挨一頓打。

杜子春走得滿腦子亂哄哄的，也走得汗溼全身，不知道還要走多久、走多遠。

有好幾次他想回頭，可是一想到那個神祕的女人、那些刻意避開他的竊竊私語、那些等著看好戲的表情，杜子春又咬緊牙根繼續冒險前進。

他再也管不了那麼多，畢竟，這很可能是他唯一的機會。

沒多久，原本被樹木掩映的小徑露出了幾許天光，前方還出現一間陳舊的木屋。

走出這個詭異的樹林令杜子春鬆了一口氣，但他卻也在看見木屋的同時，開始緊繃起來，心裡直覺：答案就在這裡了。

杜子春深深吸了一口氣，輕輕推了一下緊閉的門。門沒有動，但他也不敢再用力去推，深怕要是門推開了，他可不敢想像接下來會看見什麼。

既然前門進不去，杜子春乾脆沿著圍牆到處看看，說不定會找到牆縫什麼的。

就在杜子春踮著腳四處查看時，圍牆後方忽然傳來細細的聲音，杜子春停下腳步仔細聆聽，竟然是女人的歌聲……媽呀，杜子春嚇得腿都軟了。

原來後院真的有鬼，他再也顧不得其他，拔腿就往外跑，只想趕快離開這個鬼地方。

杜子春連滾帶爬的逃命。途中摔跤了，趕忙起身拖著跛腳繼續逃；被樹枝劃破臉頰了，他也不管傷口疼痛，依然死命的跑。他害怕只要慢了一步，就會被女鬼追上，然後，生吞活剝。

那天夜裡，杜子春不時從夢中驚醒、啼哭，不管母親怎麼哄都沒用。父親連忙請來大夫看診，大夫把完脈後說無大礙，只開了一帖安神藥。

看著杜子春一臉驚神未定，父親覺得有異。

「你今天跑去哪裡玩了？」

杜子春不發一語。

「臉上的傷是怎麼回事？」父親抬起杜子春的臉檢視。

眼裡噙著淚水的杜子春連忙搖頭。他不敢說。

「又跟人家打架了是不是？」父親猜測著。

為了不想讓父親起疑，杜子春決定選擇「打架」這個過錯。畢竟跟偷跑去後院比起來，打架的代價輕微許多。

折騰了大半夜，服藥後的杜子春漸漸安靜下來，所有人也都回房休息了。卻在恍惚間，杜子春忽然感覺到有人正輕撫著他臉上的傷，很溫柔、很熟悉的觸碰。

杜子春知道是誰來了，但他不敢睜開眼睛，更不敢亂動。

他真的很害怕。他不知道這個謎樣的女人到底跟女鬼有什麼關係？又或者，她根本就是女鬼？天啊，如果她真的就是女鬼的話，那該怎麼辦……

杜子春很想大叫。說不定只要叫出聲，無論是女鬼還是女人，就會被抓住，那麼他們家後院就不會再鬧鬼，他也可以知道這個神祕的女人究竟是誰……

可是，要是真的叫了，以後作惡夢的時候，會不會就沒人來救他了……

杜子春再度轉醒時，已經日正當中。他安然無恙的睡在自己的房間，一切似乎都沒改變。

但他心裡明白，有些事已經不一樣了。

就像他知道，這個家的後院，真的住了一個女人；或者說，真的住了一個「女鬼」。

只是，他仍然無法確定，那個神祕的女人和後院的女鬼之間，究竟有沒有關係？

第二回

大火的捉弄

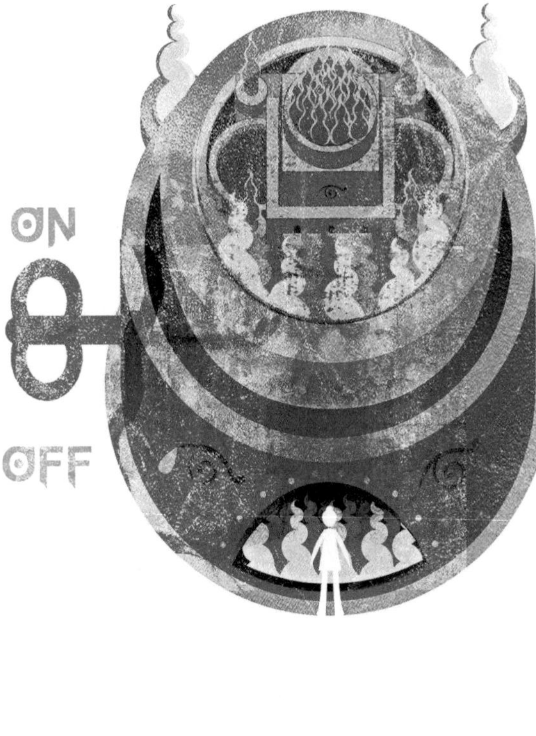

有一天下午，杜子春在房裡讀書時，母親突然神色慌張的走進來，說要帶他去見一個很重要的人。

「要去見誰啊？」杜子春問。他從未見過母親神色如此驚慌。

可是母親什麼話都沒說，只是拉著他往後院走去。

去後院幹麼？

起先杜子春有些抗拒，不明白母親為什麼要帶他去那裡，那裡不是住著女鬼嗎？他緊緊握住母親的手，害怕得冷汗直流。

同樣的經歷，他可不想再重來一次。

熟悉的來時路，杜子春故意走得很慢。

他希望永遠不要走到盡頭，不要再看到那幢木屋，不要再聽見女鬼的歌聲。他希望一切就此停住，不要再繼續……

沒多久，木屋出現了，然而曾經緊閉的大門此刻卻敞開著。母親沒有任何猶豫就帶著他走進屋內，彷彿對這裡的一切很熟悉。

才踏進屋子，一股陳舊冰涼的氣味就迎面襲來，杜子春忍不住打了一個哆嗦。

房子裡很暗，空空蕩蕩，彷彿沒人居住似的。

杜子春害怕得扯扯母親的手，想要趕快離開。然而，他看見父親了。

父親就坐在牆角的床邊，壓低身子，彷彿在聆聽什麼。

杜子春偷偷瞄了一下，只感覺父親的身邊似乎躺著什麼人。

這時，父親抬頭看了杜子春，示意要他過去。可是杜子春不敢。他知道女鬼就住在這裡，而且躺在床上的人，說不定就是女鬼。

杜子春很猶豫，雙腿重得抬不起來。

「過來。」父親終於開口。

杜子春搖頭，他不想過去。

「快過來。」父親的口氣嚴肅起來。

杜子春轉頭看母親，可是母親卻將他往前推去。

杜子春沒辦法，只好閉上眼睛，硬著頭皮走過去。他才不要親眼見鬼。

他不明白父母親為什麼現在都不怕鬼了？連阿卿都嚇暈過，還有誰看到鬼不會害怕呢？

「你在幹什麼？把眼睛張開。」父親喝斥著。

杜子春好不情願，卻也沒辦法，只好把眼睛睜開，卻在同時間，他嚇得都快要哭出來了。

真的是鬼啊！他看見鬼了！

眼前的一切讓他驚恐萬分，全身顫抖不已。

躺在床上的，真的是鬼啊！披散的長髮、蒼白的膚色、無法辨識的五官……杜子春嚇得不禁連連後退。

看見杜子春的反應，父親重重的嘆了一口氣，然後慢慢起身，走到杜子春身旁，將他帶回床邊。

「子春……這才是你真正的母親。」父親的聲音很悲傷。

母親？不會吧？這個女鬼是我的母親？

杜子春不敢置信，他的母親明明就站在後面，為什麼父親要說女鬼才是他真正的母親？

這時女鬼緩緩睜開眼睛了，虛弱的朝杜子春笑了笑，她抬起枯瘦的手臂，想要碰杜子春，杜子春卻嚇得躲開了。

他不要女鬼碰到他。

「不要碰我！你這個可怕的鬼……」杜子春大叫。

父親猛地起身，「你胡說什麼？」他揚起手想打杜子春。

「不要。」女鬼忽然伸手拉住父親，用微弱的聲音制止了他。

父親和杜子春僵持了好一會兒，最後，他無力的垂下手臂，轉身看著女鬼。他凝視著女鬼好一會兒，像是懺悔的跟她說了幾句話。

喃喃的聲音中，杜子春只斷斷續續聽見：

「是我不對……母子……相認……造孽……」

杜子春完全不能理解此刻所發生的一切。

他不明白究竟發生了什麼事？也不懂為什麼父母親都不怕這個後院女鬼？不是不准任何人跟他提起這件事嗎？不是不准他跑去後院嗎？為什麼現在全都變了樣？而且自己還多了一個「鬼母親」？

父親不再說話了，整個空間忽然陷入靜默。

過了半晌，父親看著躲在門邊的杜子春，知道他根本不願意再靠近床邊一步，便重重嘆了一口氣。

那樣深那樣長的嘆息，就像要把多年來守著的祕密，全都嘆盡。

「都是因為那場大火……要不是……」父親緩緩的開口了：「當年，你還在襁褓中，有一天家裡忽然發生大火，所有人倉皇逃命，再也顧不了別

人……唯獨你的母親……也就是躺……躺在這裡這個……你不願靠近的人……她剛好外出回來，在混亂中找不到你，知道你可能還在屋裡……顧不得別人攔阻，也顧不得高溫炙燙，衝進了火場……後來，她終於抱著你出來了……你安然無恙的躺在她的懷抱中，可是……你的母親全身著了火……」父親說到最後，愈來愈小聲，只剩下哽咽。

像是受到了極大的壓力，父親深呼吸好幾次後才繼續說：「你母親傷得很嚴重，昏迷好幾天才醒過來，大夫說就只差那麼一點……只是，命是救回來了，可是她全身被火燒傷的地方……再多的燒傷藥都沒辦法治……經過一段時間的靜養，你母親的身體也恢復得差不多了，可是……她卻決定不要再出現在你面前。她不要自己的容貌嚇壞你，也不要讓你覺得自己有一個可怕的母親……」

杜子春無法置信。

他覺得父親在說謊，而且那些謊言太牽強了。他才不是女鬼的兒子。

從小到大，所有人都只說他們家鬧鬼，卻沒有人提過他和這個女鬼有關，不是嗎？

「可笑的是，我竟然順著你母親的心意……而且……不只是為了你好，你母親也為了我的事業，決定讓出妻子的角色，她不要讓其他人覺得她的丈夫有一個容貌可怕的妻子……一個……一個像鬼一樣的妻子……於是，她請求小翠，也就是她的貼身丫鬟，請她代替母親與妻子的角色……」父親慚愧的低下頭。

杜子春驚訝的看著站在身邊的母親，母親也看著他，可是她眼裡的複雜，是杜子春從未見過的。

父親的話彷彿有千斤重，直壓得杜子春喘不過氣；而從進入這間屋子開始，沒說過一句話的母親，此刻表現出來的感覺，更像是回到了最初的身分：一個靜靜待在旁邊的婢女。

瞬間，這個杜子春所認識的世界，一片片的剝落了。

原來，他一直生活在謊言築構的世界；原來，真正屬於他的一切，早已在那場大火中燒成灰燼。

「從那時候開始，你真正的母親就一直住在這裡，雖然讓出了母親的角色，但是她對你的關心，卻從沒改變……」父親說。

杜子春終於明白，那個傳說中的後院女鬼，那個夜半出現的神祕女人，原來真的是同一個人。

突然，女鬼劇烈咳嗽起來，幾乎要把肝肺都咳出來。有一瞬間，杜子春的心揪了一下，他想跑去女鬼身邊，幫忙拍拍她的背，讓她舒服一些，就像以前無數個夜裡，她也會拍拍從夢魘中驚醒的他一樣。

可是，這樣的情緒終究只有一剎那，杜子春仍然動也不動的瞪視著眼前的一切。

女鬼咳得愈來愈凶，到後來竟咳出一灘血。父親大驚，趕忙叫小翠去請大夫。

「子春……」女鬼發出微弱的聲音。

父親扶著女鬼坐起來，女鬼喘了一會兒才繼續說話，「子春……我知道……要你接受這樣的事真的很難……」女鬼說著又咳了幾下，「如今……我的時間剩下不多……只希望……你能原諒娘……」

娘？杜子春呆若木雞的站著，這是我的娘？這竟然是我的「娘」？

「子春，過來，叫娘。」父親要他到女鬼的床邊。

杜子春搖頭，倔強的閉緊嘴巴。

過去那些年，我竟然全活在謊言裡？就算這一切都是為了我，可是，我一點也不想這樣啊。我不想母親為了救我，被燒成這樣；我不想母親為了我，從此不見天日；我不想……

為什麼？為什麼要救我？為什麼不讓我被燒死算了？

見到杜子春恍若未聞，父親霍地起身，走過去想拉他到床邊。

可是杜子春忽然生氣起來，他忿忿的瞪著父親，瞪著床上的女鬼，這裡才不是他的世界，他的世界在門外，在小路的另一邊。

不管父親如何喝斥，也不管女鬼椎心的咳嗽，杜子春只能轉身逃出這個地方，這個十多年前，早就被大火焚毀的所在。

第三回

揮霍貴公子

那天，杜興看著兒子不顧一切衝出木屋，看著病重的妻子承受不住打擊，咳血不止，就連大夫也束手無策，最後病死在他的懷中。

他悲痛萬分，卻什麼也改變不了。尤其，妻子臨終前唯一的心願，竟是這樣難堪的收場，讓他悔恨不已。他終於知道自己錯得有多離譜，導致這樣的結局。

「現世報……現世報啊……」

當妻子在他的懷中嚥下最後一口氣，他痛苦得泣不成聲。

那張逐漸冰涼的面容，曾經是一個多麼美的女人啊。

當年，他第一次看見她，並不知道彼此的生命將會纏繞一輩子。

那時，他才剛從外地來到這個城鎮找機會，第一份工作就是在麵粉店當學徒。

「杜興，先把這些麵粉送去吳員外家。」老闆指著牆角的麵粉說。

杜興看著那些堆得跟山一樣高的麵粉袋，眉頭都不皺一下，就一包包扛上推車，準備去送貨。

「送完這批貨以後，再各送五十斤去大昇酒家和得利商號。對了，回程時順便去張員外家收帳。」

「是。」杜興應答得爽快。

年輕力壯又勤快的杜興，很得麵粉店老闆喜歡。老闆知道杜興聰明，卻從不自恃腦筋比人家好而敷衍偷懶，反而誠誠實實、腳踏實地做事。

這個得力的好夥計，不僅讓麵粉店的業績蒸蒸日上，最後還娶了老闆的女兒——以美貌及慧黠出名的麵粉店姑娘。

杜興一直記得第一次看見她的時候，緊張得連心臟都快要跳出來。

「你就是我爹說的那個人啊。」一個年輕女人的聲音忽然出現。

彷彿聽見有人在說話，但杜興根本沒注意。快過年了，家家戶戶都需要麵粉，此刻倉庫裡正忙得雞飛狗跳。

「欸，我在跟你說話呢。」年輕女人的聲音又說。

杜興連頭都沒抬，正專心計算該怎麼以最快的速度把麵粉送出去。

「喂！我在說話呀！」

是先繞去平安商號好呢？還是去鄭員外家？杜興思忖著。

「喂！」女人忽然大叫一聲。

杜興嚇了一跳，急忙轉身，不小心撞到身邊堆得跟山一樣高的麵粉袋。

瞬間，頂端的麵粉袋滑落下來，直直砸向眼前的陌生女人。

「小心！」杜興趕緊把她推開。

麵粉袋打到杜興的手，砰的一聲，袋口破了，只見麵粉滿天飛舞。

在場的兩個人都變成白色麵粉人。

杜興趕緊抹去覆著眼睛的麵粉，想看看對方有沒有受傷。

「哈！」女人指著杜興的臉笑了出來。

這一笑，讓先前驚慌的杜興突然傻了。

不是因為對方也是一臉白，而是這個陌生女人的笑聲，突如其來的撞上了他的心。

也撞進了他的生命。

她是麵粉店老闆的女兒，之前陪著母親回外地探親。幾個月來只聽聞老闆有個漂亮的女兒，如今卻是在這樣慌亂的時刻，相遇了。

幾年後，他們終於成親，岳父把生意交給兩人打理，夫妻倆也不負期望，一個在外奔波，一個坐鎮櫃臺，還增加許多貨項的買賣。到後來，原本小小的麵粉店竟成為當地最大的商行。

沒多久，他們添了一個白胖的兒子，喚名杜子春。

杜興很喜歡看著妻子抱著兒子，母子就這麼臉貼臉的嬉鬧著，而且兩個人的模樣就像從同一個模子裡印出來的一樣，妻子美麗的面容傳承給杜子春之後，成了俊朗的五官。

有妻有子更有事業，杜興真的很滿足。這樣的幸福人生，夫復何求？沒想到，一場突如其來的無名大火，改變了一切，也改變了所有人的生命。

如今，他擁著妻子冰涼枯槁的身軀，看著她被焚毀的面容，看著她徹底犧牲卻被親生兒子嫌棄。杜興悲傷得不能自已。

「阿興……我沒辦法再……陪……你……和子春了……」臨終前，妻子用孱弱的聲音說。

「是我的錯……是我不好……」杜興哭得跟孩子一樣。

「下輩子……要再……再……聚首……」妻子微笑著緊握杜興的手。

「我一定會找到你的……一定不會再錯……」杜興拚命點頭，他要妻子記得他的承諾。

妻子深情的看著他，然後緩緩的閉上眼睛，再也不說話，原本緊握的手，也悄悄放開了。

妻子終於澈底的離去。杜興抱著冰冷的身軀痛哭。其實，從那場大火之後，她就已經離開了。

他不明白自己當初為什麼要答應她的請求？她才是他真正的妻子啊，那些胼手胝足的苦日子，都是她陪著苦過來的。要不是他貪求更多的榮華富貴，而且對妻子被焚毀的面容稍有猶豫……要不是他只想到自己，就不會有今天的荒唐。

而他也清楚知道，那天，杜子春衝出去之後，他已經失去這個兒子。經歷這件事之後，雖然杜家大宅裡的生活恢復以往，但有些東西已經跟著離開。後院的事再度成為禁忌，沒有人提起，彷彿不曾發生。

杜興和兒子之間，也隔起一道再也無法跨越的鴻溝。

為了彌補對兒子的虧欠，杜興完全不過問杜子春的花錢方式，只要是兒子想要的，就會儘量滿足他。

但杜興其實更希望杜子春能積極一點，學學經商的手腕，與達官貴人交往應酬，將來他不在了，也不會放心不下……只是，杜子春總把那些話當成耳邊風，繼續過著放浪不羈、揮霍無度的日子。因為他知道，這些錢將來都是他的。而且，他很明白父親會縱容他花錢如流水，有很大的原因是為了補償。

補償一個已經無法挽回的錯誤。

多金的杜子春是城裡眾所皆知的貴公子。

大家都知道他出手闊綽，只要看上的東西，無論價格多少，眉頭都不皺一下，立刻掏錢買下。而店家們更曉得要把握杜子春出現的時候，只要他稍一停留，這個月的收入就不用愁。

此外，慷慨的杜子春更是朋友眼中的金主，大夥吃喝玩樂都是由他付帳。更離譜的是，連杜子春沒趕上的聚會，也會記在他的帳上。

他的口頭禪就是：「這值得什麼？大家開心嘛，開心就好！」

杜子春的笑聲最響亮，可是，仔細聆聽，便會聽見其中的空洞與寂寞。他很想要快樂，偏偏，快樂不是金錢可以買到的。

雖然杜子春是個公子哥兒，也是眾人公認的寶山，但他卻不愛聲色犬馬，也不縱情於青樓歌妓，這和一般人眼中的敗家子不大一樣。

而且，他還有點莽撞的俠氣，身上總是攢著一大把錢，除了買東西，只要看到困苦的人，二話不說，就把錢都送給人家。

第一次，杜子春冷不防的掏出一大把銀子給在路邊乞討的女人。

「這些銀子都給你吧。」

女人嚇了一跳，這些忽然出現的銀子，白花花的看起來很詭異。這樣的施捨，有點不近情理了。

「你……你……你想幹什麼？」女人趕緊把跪在身邊的女兒摟得更緊。

「你不是需要錢嗎？」杜子春蹲下來，把身上所有的銀子都放進女人的破碗中。

「我可不賣女兒！」女人生氣的直視著他。

「誰要你的女兒？這是你親生的女兒嗎？」

女人點點頭。

「難得。」杜子春像是對女人說話，又像對自己說話：「窮得當乞丐，也不肯離開自己的親生孩子，這才像話啊！」

「小姑娘！」他又對女人懷裡的小女孩說：「要記得你娘的恩情，她這麼辛苦的撫養你，將來你可不能辜負她。要好好孝順她。明白嗎？」

杜子春站起身，彷彿有風沙吹進了眼睛，很快的離開了。

從來不燒香拜佛的乞婦，帶著女兒去廟裡跪了好久。從那天開始，她就相信佛祖菩薩保佑了。

消息傳得很快，杜子春家門口圍聚的乞丐愈來愈多。他們都知道，只要來到杜府，見著了子春大善人，得到的絕不只是殘羹剩飯，而是白花花的銀錠子啊。

到後來，做生意失敗的，孩子念書沒學費的，老娘看病沒藥錢的，全來了。一傳十，十傳百，杜家門口的人已經排到了城牆外。

不要借據、不要承諾，只會到處送錢的杜子春，成為城裡最受歡迎的大善人。

還有人編了歌來唱：「子春子春恩情深，善人一開眼，子女皆回春……」

其實，杜子春並沒有做善事的使命感，也沒想要刻意搏取好名聲。他明白自己根本就沒有悲天憫人的偉大胸懷，只是感覺到，每當身上的錢離開他，快樂就實在些。

不知道為什麼，那些錢就像壓在他心上的石頭，一次搬開一點，心裡就舒坦一點。而且，誰說紈褲子弟不能濟弱扶傾？

「少爺！這樣是不成的，您瞧！四面八方，不管多遠的人都來了，為的就是您的銀子。家裡上個月已經賣了別莊，這個月得要賣地了。就算有金山銀海，也禁不起您這麼折騰啊！」老管家苦口婆心的勸他，就差沒有老淚縱橫了。

「老爹！您擔什麼心啊？李白不是說了嗎？『千金散盡還復來』，銀子賺進來，就得花出去啊。再說，我沒做壞事呢！」

「不是啊，少爺……」

杜子春沉下臉來，「老爹！您只管好帳，別的您就不用管了。要不然，我改天一走了之，什麼都不要了。」

「少爺！千萬別這樣。」

老管家再也不敢勸了。

杜子春知道，別人都當他是個浪子。然而，如此的浪子性格，或許就是一種報復。

他在不知不覺中報復著父親。為著父親當年寧願選擇事業，也不願讓別人知道他有一個被火焚身的妻子。

他在不知不覺中報復著母親。為著母親寧願放棄人母的身分，也不願意讓自己的兒子擁有她。

他也在不知不覺中報復自己。他恨自己當年為什麼沒有被燒死，只要被燒死，就不會有後來造化弄人的不堪。

他也在報復著老天爺。他恨老天爺為什麼茫茫人海中，偏要揀選他來承受這可怕的一切。

如今的他已經擁有全天下人最渴望的東西，但他一點也不在乎。

也許，杜子春並不知道，他最想報復的，其實是那天在木屋裡的自己。

當時的他不僅躲得遠遠的，還執拗的不肯喚女鬼為母親，即使，那是他們最後一次見面。

後來母親的喪禮，他還故意跑去江邊釣魚。

彷彿這一切的事都跟他無關。

但杜子春其實很明白，自己當時的嫌惡，全都烙印在母親臨終前的眼裡心底了。

杜子春成年後的某一天，父親將他喚到跟前。

「子春，你長大了，也該成家立業了。之前我已託媒人四處去幫你物色。最後決定是林大人的女兒芸兒，而林大人也同意這件婚事。」

「是嗎？」杜子春聽著，什麼意見也沒有。他的人生已經被安排過一次，再來一次也無所謂。

「林大人的女兒，賢德端莊，個性婉約，你可要好好對待她。」父親囑咐著。

杜子春點頭，先前他只聽聞過林家的閨女貌若天仙，但還沒親眼見過，沒想到她即將成為自己的妻子。

確定婚期後，杜林兩府的婚事成了此地最大的盛事。財富與權勢的結合，讓兩家新人成為最受矚目的焦點。杜興大肆鋪張著這場喜宴，凡是跟婚宴相關的東西，都選用最上等貨。

此外，連接著兩家的街道全都張燈結綵，而且連辦了十五天的流水席，簡直讓整個城鎮成了不夜城。

洞房花燭夜那天，杜子春和新婚妻子兩人，在經過繁文縟節之後，終於得以休息。

連續被灌好幾天酒的杜子春，早就體力不支，呼呼大睡。

新婚妻子林芸看著不省人事的丈夫，看著臉龐仍留有稚氣的男人，想起前陣子杜興特地來找她的事。

「芸兒，我的好媳婦，有些事……還請你多多體諒。」未來的公公說得委婉。

林芸點頭，她感覺到應該是杜子春的事。

「你可能聽說過子春的一些行徑，不過，他不是壞人，只是無心經營家業。」杜興欲言又止。

林芸微笑著說：「伯父請放心，子春善名在外，我們都知道。」

杜興看著林芸好一會兒，最後像是下了極大的決心，「芸兒，無論如何，請你一定要好好照顧子春。我把他和杜家都交給你了。」

我把他和杜家都交給你了……杜興的請託言猶在耳，成了杜家的媳婦之後，林芸知道，照顧好她的丈夫，就是杜家對她最大的期待。

然而，她對自己的期待呢？

回想那天，父親嚴肅的把她喚到面前，「芸兒啊，杜老爺想撮合你和他

們家子春的婚事。或許你已經聽過杜子春的為人……」

「爹，我知道他，有人說是浪子，也有人說是善人。」

對於杜子春，林芸一直存有奇怪的好感。雖然不認識也沒見過面，但這個混合奇異特質的年輕人，卻莫名其妙的吸引著她。

「那天杜興展現了最大的誠意，還提到你的賢德或許可以改變杜子春的個性……看得出來他很喜歡你這個媳婦。」

林芸微笑著，什麼話也沒說。

「芸兒，我們林家也算有權有勢，對於你的婚事，爹娘可不想敷衍了事，但也不想干預太過，畢竟這是你自己的人生。你可要考慮清楚，如果真的不喜歡，爹可以拒絕他們。」

「爹，你覺得杜子春這個人如何？」

父親思考了半晌才回答：「在我看來，他的本性還算善良，雖然奢侈了些，但也沒聽過幹了什麼壞事。」

「芸兒聽說過，他的慷慨不僅分給了朋友，也分給了那些貧苦無依的人。我想，這樣的人對他的妻子、他的家人也應該會很好才是。」

這是林芸對自己婚姻的期待。她相信，這樣的杜子春，是一個真性情的人。

「不要……不要……」睡在身邊的子春忽然說起夢話。

林芸靠過去拭去子春臉上的微汗。

她曾經聽說過杜子春的許多事，然而在那麼多負面的評價中，她感覺到這個男人並非像外傳的那樣。

「走開……走開……不要過來……」子春突然大喊，接著像是受到極大的驚嚇，整個人不住的顫抖、啜泣：「不要……求求你……」

「子春不怕，不怕。不怕。」林芸抱住作惡夢的子春，輕輕拍拍他的背。

在安心的懷抱中，杜子春醒了。從趴伏著的肩膀上方望去，他看見熟悉的一切。

這是他的房間，沒有漫天向他撲來的紅火蟻……好多年了，這個惡夢一直跟著他，不曾退去。

在溫柔的懷抱中，杜子春鬆了一口氣，卻在瞬間彷彿想起了什麼，又急急將眼前的人推開。

或許是太用力了一些，對方差點就被他推下床。

「哎唷！」對方驚呼著。

全然陌生的聲音。

杜子春完全清醒了，他看著眼前鳳冠霞帔的年輕女子，還有錦帳羅幃的布置，喜氣洋洋的氣氛，讓他猛然想起今天是他的大喜之日。

那個差點被他推下床的女人，是他的新婚妻子。

「不好意思。嚇著你了。」杜子春為自己莽撞的舉止道歉。

「你還好嗎？」驚神未定的林芸卻反過來關心他。

「剛剛，我作惡夢了。」杜子春用手抹抹臉，像是要抹去什麼。

「我知道，」林芸輕輕的握住杜子春的手，像是一種全心的保護，「別擔心，我會一直在你身邊。」

杜子春看著自己的妻子，看著這個即將陪伴自己一生一世的女人，不知怎麼的，忽然湧起複雜的思緒。

他的生命中也曾經有過這樣一個女人。

每當他從夢魘中驚醒，總有一個安心的懷抱，會緊緊的保護他，要他不要害怕。

即使……

忽然，一股酸楚的感覺從他的眼角滑落了。

林芸什麼話都沒說，只是靜靜的擁住他。

愈是溫柔的屏障，愈讓杜子春無法逃脫。終於，他說出了那個壓在他心頭的往事。

好多年過去了，他從未對別人提起過，也刻意得幾乎遺忘了。可是今夜，在他成為男人的夜裡，那個執拗不肯開口的男孩，那個從木屋逃走的男孩，回來了。

在全心全意的懷抱中，他哭得像一個孩子。

林芸也落淚了。

她終於明白是什麼樣的經歷，讓杜子春如此自暴自棄的看待自己的人生。

「子春，別怕，一切都會過去的，一切都會過去的。」她在子春耳畔疼惜的說。

或許是掙脫了多年的桎梏，也或許是疼痛找到了出口，杜子春對林芸非常好，只要有好吃好玩的東西，一定會在第一時間就捧給她。

林芸也漸漸懂得了杜子春。她知道，如同父親所說，杜子春的本性其實不壞，只是在面對那樣的身世之後，他選擇用自己的方式去尋找存在的意義。

於是，原本被期望能改變杜子春的林芸，不再強求他一定要符合眾人心目中好男人的形象。她讓杜子春隨心所欲的花錢，如果花錢能得到快樂，就讓他繼續快樂吧。

第四回

遇見古怪老人

沒多久，杜興在一次出遠門洽商途中，不幸遭遇船難，屍骨遍尋不著。頓時失去依靠的杜子春也沒想那麼多，反正他繼承的家業是那樣龐大，因此散財童子的性格依然沒改變。

很快的，賣田賣地，賣牛賣羊、賣婢賣屋，曾經奢華一時的杜家宅院，到最後也過戶給人家了，只剩下他和妻子兩個人。

「怎麼辦？家裡連一文錢都沒有了。」林芸終於開口跟杜子春說。之前能變賣的，她都拿去賣了。

「那些首飾呢？珍珠耳環？翡翠玉鐲？」杜子春在房裡翻箱倒櫃尋找著。

「早就拿去當鋪典當光了。」

「是嗎？」杜子春撓撓耳腮，他明明記得梳妝臺裡有很多啊，「算了，我去找朋友周轉一下好了。」

可是杜子春找了老半天，卻連一個朋友都找不到。那些人不是剛出遠

門，就是不知道跑去哪裡了。

其實，看到家財散盡的杜子春，大夥逃得逃、躲得躲，所有人都避之唯恐不及，深怕被衰神上身的杜子春沾到邊。

而那些曾經把杜子春奉為貴賓的店，因為店面搬不走，所以只要遠遠的看見他的身影，就趕緊把門關上，任憑杜子春怎麼敲門都不應。

在吃了好幾個閉門羹之後，杜子春飢寒交迫的在街上到處遊蕩，最後停在馬路中央。

他看看自己身上單薄的衣服，以及凍得紅腫的雙手，落寞的望向天空嘆息。

「怎麼會淪落到這種地步呢？」

杜子春一遍遍的問自己，問著連自己也不知道答案在哪裡的問題。他不懂為什麼這個當初眾人爭相交往的杜公子，如今竟然沒有人願意理睬。

「你，還好嗎？」寂靜的大街上，突然傳來一個老人的聲音。

杜子春轉頭看看四周，才知道老人是在問自己。

你，還好嗎？

杜子春自己也不知道究竟好不好？應該是不太好，不過有個善心的陌生老人願意理他，應該是好一些吧。

杜子春先是搖搖頭，後來又點點頭。他不知道這算不算是一種回答，不自覺的又嘆了一口氣。

「嘆什麼氣？年輕人，需要我幫忙嗎？」老人說著，更靠近杜子春。

「我真的不懂，為什麼當初那些跟著我吃喝玩樂的人，如今見到我就跟見到鬼一樣？難道只因為我沒錢？」

「沒錢？那簡單，你需要多少錢？」老人直截了當的問他。

杜子春嚇了一跳：「你要給我錢？」

從來就只有他給別人錢。

「你需要多少錢？」

「那……三、五萬錢就夠了。」杜子春脫口而出。

話才出口，杜子春就後悔了。他心想，老人一定會認為他想錢想瘋了，竟然一開口就向人家要三、五萬錢。

「太少了，再多說一點。」老人竟然搖頭嫌太少。

不會吧？

杜子春突然從飢寒交迫的暈眩中回神，他確信自己聽見老人說要給他更多的錢。

「那……」杜子春吞了一口口水，「那……三、五十萬錢好了。」最後他怯生生的說，就怕獅子大開口，把老人嚇跑。

「再多說一點。」老人竟然還嫌少，都增加十倍了。

會不會是遇到瘋子了？杜子春是窮，但還沒窮到發瘋。他不敢置信的看著老人。

「好啊，那就三百萬錢。」杜子春說得痛快。遇到瘋子也不錯，至少還有人陪他說話。

「三百萬錢。好，明天到西街波斯府宅拿錢。」老人回答得十分爽快，一點猶豫也沒有。

老人說完就離開了。

杜子春愣愣的站在大街上，對於剛剛發生的一切，他仍半信半疑。他突然用力的拍打自己的臉，好痛！這表示應該是真的。

回家以後，杜子春趕緊告訴林芸今天發生的事。林芸也覺得老人實在太詭異，誰會平白無故送人家一大筆錢呢？更何況還是三百萬錢。

她要杜子春別發傻了，趕緊找到人借錢填飽肚子才要緊。

隔天中午，杜子春閒著也是閒著，東晃晃西晃晃，沒想到竟然晃到了西街。他想，反正都來了，就去看看是不是真有波斯府宅。

想不到真的有這幢宅子，老人並沒有騙他。他在門外探頭探腦時，忽然有人從背後拍了他一下，杜子春嚇一跳，趕緊回頭，竟然是昨天的老人。

「我還怕你不來。」老人說。

老人領著杜子春走進宅院裡的一間房間，踏進房裡時，地上已擺著一個大木箱。老人掀開木蓋，裡面竟是滿滿的銀子，久違的銀白色光芒，讓杜子春看傻眼了。

「這些都是你的。帶走吧。」老人說得輕鬆愉快。

杜子春揉揉眼睛，簡直不敢相信，他竟然有三百萬錢了！

興奮過度的杜子春突然生出前所未見的力氣，即使已經好幾天沒吃東西，仍一把就扛起這個沉甸甸的箱子快步離去。

三百萬錢呢！他想讓林芸看看這貨真價實的三百萬錢。

「芸兒，芸兒，快來看啊。」杜子春氣喘吁吁的跑回家。

「發生了什麼事？」林芸趕緊從房裡走出來。

「看啊，我們又有錢了，而且是白花花的三百萬錢啊！」杜子春興奮的捧起銀子給妻子看。

「這些都是那個奇怪的老人送你的？」林芸問。

「是啊。」杜子春拿起銀子，一錠錠咬著，想確認是不是真的。

「這真的很不尋常。你知道那個老人姓什麼、叫什麼嗎？怎麼會無緣無故送你這麼多錢呢？會不會在打你什麼主意？」林芸覺得古怪。

被妻子這麼一問，杜子春停下手邊的動作，他想了一會兒，卻沒有任何印象。

他竟然連老人的姓名都忘記問。

「拜託！我這個人有什麼主意好打的？窮得都快被鬼拖去了，還有什麼好處可圖。」

不管是不是被打了什麼主意，也不管有沒有問過人家的名字，對於窮了大半年的杜子春而言，有錢花才是最重要的。

突然間擁有這麼多錢的杜子春，再也聽不進林芸要他節制花錢的勸告，不知不覺又恢復從前奢華的生活，完全忘記當初家產是怎麼敗光的。

有錢跟壞事一樣，流傳的速度特別快。

沒多久，大家都知道杜子春又一夜致富了。

「子春，好久不見，聽說最近交到好運啦。」

「子春，真不好意思，前陣子剛好出遠門做買賣，聽說你找過我啊？」

「喲，我的好兄弟，怎麼這麼久都沒來找我們敘敘舊啊？」

忽然之間，先前絕跡的朋友，又全部回籠了。大夥還是一樣把酒言歡，對於杜子春之前落難的事絕口不提，彷彿未曾發生。

而當初遠遠見到杜子春就關門謝客的店家，也是一個個捧著好東西登門求見。

「咦？之前看見我的時候，不是都趕緊關上門嗎？怎麼現在又自動出現啦？」杜子春撇撇嘴說。

「喲，杜公子，您這麼說，可就枉費我們的苦心了。其實大夥都是為了您好，知道您時運不濟，手頭不太方便，因此都把這些東西放到您看不見的地方，免得被您瞧見後，口袋和心裡的壓力大增啊。」店家說得臉不紅氣不喘的。

於是，落魄的杜子春又變成眾人眼中多金瀟灑的杜公子。

只是，每每享樂的時候，他總會在無意間聽見細細的、宛如流水的聲音。但他完全沒有意識到，流走的其實是他的錢財。

不過一、兩年的時間，杜子春再度散盡家產，成為窮光蛋。

「唉！怎麼又窮途末路了？」這一天，杜子春才剛被人家趕出來，走著走著，不自覺的又看著天空，長嘆一聲。

「又怎麼了？」突然間，熟悉的聲音再度出現。

是那個老人。

杜子春覺得很不好意思，轉身就想離去。

「說吧，這次你想要多少錢？」老人擋住他的去路。

沒想到老人竟然又要送錢給他，杜子春覺得羞愧難當，不好意思再開口。

「沒關係，說個數字。」

杜子春還是搖頭。

無論老人如何勸說，杜子春就是不肯開口要錢，只是一再跟老人賠罪，對於自己沒有好好把握老人給他的機會，杜子春真的覺得很抱歉。

「明天中午來找我吧，就是上次你來找我的地方。」

第二天，杜子春如約去見老人。原是想負荊請罪，沒想到老人這次竟要給他一千萬錢。

一千萬錢？杜子春不敢置信。

他不明白老人為什麼無緣無故要給他這麼多錢？之前是三百萬錢，現在竟然增加到一千萬錢？老人到底想幹什麼？

可是老人什麼話都沒多說，只是堅持要他收下。

怎麼也拗不過老人好意的杜子春，決定收下這些錢，但他也跟老人再三表明決心，這次一定會痛改前非，奮發向上，做一個有用的人，絕不會再胡亂花錢。

只是，扛著一大筆錢回家的杜子春，沒多久就忘記對老人的承諾，又開始故態復萌的揮霍無度。一千萬呢！一輩子也用不完。

然而，沒有一輩子。這次，不到兩年的時間，杜子春就花完一千萬了，而且窮到骨子裡的他，比第一次還慘。

有一天，杜子春又餓著肚子在街上討飯吃，遠遠的，忽然看見老人的身影。一股無來由的羞愧攫住他，他用袖子遮著臉，連忙扶著牆站起來想逃跑。無奈這兩天討來的東西都給妻子果腹了，他已經餓得走不動。

他費力的往前跑，東躲西藏的，深怕被老人撞見。

他覺得自己實在是太糟糕了，真的是太對不起老人。畢竟老人已經給過他兩次翻身的機會，但他全然辜負了老人。

「別再躲了。」忽然有人抓住杜子春的袖子。

很熟悉的聲音，杜子春知道自己哪裡也躲不了，只好放下手，心虛的不敢看老人。

「躲得了一時，躲不了一世。」老人幽幽的說。

「真的很抱歉，我沒能把握您給我的兩次機會。我真該死，讓您失望了。」杜子春低著頭，像做錯事的小孩。

「我再給你三千萬錢，但要是你這次仍舊荒唐度日，那真是『貧入膏肓』，沒得救了！」老人的表情從未如此嚴肅。

杜子春撲通一聲跪倒在地，他淚流滿面，不知道該如何回報。恍惚間，他彷彿看見自己奢華浪蕩的前半生，也看見其他人在他大起大落時的嘴臉。經歷過這麼多風風雨雨後，唯獨這個陌生老人願意給他三次機會……再不澈底反省，重新做人，他怎麼對得起老人的知遇之恩呢？

想到這裡，杜子春抬起頭，懇切至極的對老人說：「我得到您這三次慷慨的幫助，也得到三次真正的教訓了，謝謝您沒有放棄我。這次回去之後，我一定會學習自立，並且把這些錢拿去做善事。」

「如果你真能做到，也就不枉費我對你的苦心。」老人點點頭。

看著老人，杜子春突然像是下定決心，「您是我的再造父母，今後我的命都是您的了。只要您吩咐一聲，不管是上刀山還是下油鍋，我杜子春連眉頭都不會皺一下。」

老人聽了哈哈大笑，「就用這一年的時間好好安頓你的家吧。如果一年後還記得我，那麼明年此時此刻，到老君廟前的檜樹下等我。」

老人說完就離開了，只剩下杜子春和三千萬錢。

杜子春看著這些錢，決定痛改前非。他不要再讓老人失望，也不要再讓自己墮入無止境的金錢深淵。

回家以後，杜子春打聽到哪裡有孤兒寡母，就去送錢給人家，希望他們有了錢之後可以改善生活，更可以不要因為窮困而被迫母子分離。

那些感激的眼神，也讓杜子春漸漸明白自己為何要這麼做。他在彌補心中的遺憾，為那個再也挽回不了的別離而懊悔。

除了送錢，杜子春明白行善要長久，就要先自立的道理，畢竟錢有出有進，才能源源不絕。杜子春從這三千萬錢當中，拿出一些做生意，他不想再像從前一樣，千金散盡回不來。

在有計劃的行善之後，杜子春發覺，這次和以前只知送錢給人的感覺很不一樣。

從前的他，拿著父親的錢到處亂灑，因為不是自己的錢，所以一點感覺也沒有；但是這一次，每一筆從他手中送出去的錢，都有實在的感覺，因為那是他一點一滴辛苦攢來的。

他終於體會到，自發的善心所得到的快樂，才是真正的快樂。

日子很快的過去，老君廟之約已經到來。

出發的前一天，杜子春突然跪在妻子的面前。

「芸兒，是我不好，我一直沒能成熟，沒能負起責任，才讓你跟著我吃苦。」杜子春像是贖罪的對林芸道歉。

「子春，不要這樣……你不要這樣……」林芸急得想將杜子春扶起，可是杜子春堅持跪著，向她致歉。

「沒能讓你過衣食無缺的生活，是我不對。我明明曾經擁有那麼多，卻還是讓你跟著我挨餓受凍，真的對不起你。」杜子春又磕了一次頭。

「子春……」

「芸兒，請原諒我這次的離開。我保證辦完恩公交代的事，一定會儘快回來跟你長相廝守，再也不會離開你，再也不讓你一個人孤單過日子。我說的這些話，請你一定要相信，我保證這是最後一次離開你。」

第五回

魔鬼的試煉

一年後，杜子春如期來到老君廟赴約，老人已經在檜樹下等他。

「很好。」老人微笑著說。

杜子春也因為這一年沒有辜負老人對他的期待，神采奕奕、大大方方的迎上老人的目光。

「走吧。」老人說完，就朝深山裡走去。

杜子春看著老人的背影，看著沒入森林的小徑，他知道即將踏上的是一條連他也不能理解的路。

但他也很清楚，這是他的承諾，一個無論如何必須完成的約定，於是下定決心，快步追上老人的腳步。

一路上，杜子春偶爾會在山坡看見自己山腳下的家。雖然如今的家已不若杜家大宅那樣明顯，但他知道，這樣一間小屋，才是他真正的家，因為那裡有他深愛的女人，而且還有他真心的誓約。

他一定會回去跟他的妻子，相守一生。

當他們到達華山雲臺峰時，天色已近黃昏，杜子春也筋疲力盡了。老人微笑的看著杜子春，「你還行嗎？」

上刀山下油鍋的話都說出來了，爬個山還能喊累嗎？

「行！」他聲音宏亮的回答。咬緊牙關繼續往前走。

杜子春跟著老人再前進約四十多里後，一幢高大宏偉的道觀忽然出現在前方，道觀屋頂上不僅有彩雲繚繞，還有仙鶴飛翔。

「真奇特的地方。」杜子春心想，這裡一定不是尋常人修行的道觀。

杜子春一邊踩著石階一步步走進道觀，一邊好奇的四處觀望。

這時，眼前突然出現一座九尺高的煉丹爐，丹爐口還閃現著奇異的紫光。更奇妙的是，丹爐前後有青龍、白虎看守著，丹爐旁則圍繞著九個年輕的女子。

杜子春作揖，想跟她們打聲招呼，可是這九個女子恍若未聞，完全不理會杜子春，彷彿他是不存在的。

杜子春覺得沒趣，他到處看了一會兒後，想問老人這是哪裡？

「這裡是……」杜子春轉頭問老人。

老人竟然不見了。

杜子春正覺不知所措，忽然從道觀外傳來仙鶴的鳴叫聲，接著，窗口飄進來一片片的雲霧，雲霧很濃，幾乎遮蔽了眼前的一切。

在一片白茫茫中，忽然有人拍拍杜子春的肩膀，杜子春嚇了一跳，趕緊回頭查看。

奇怪的是，原本濃重的雲霧卻在他轉頭瞬間倏地散盡，只見一個穿著黃道袍、頭戴黃道冠的仙師出現在眼前，杜子春再仔細看，竟然就是老人。

「原來是您……但您怎麼……」杜子春指指老人身上的衣著。

老人微笑不語。

這時杜子春忽然發現，原本圍繞在丹爐旁邊的年輕女子全都不見了，連盤踞在旁的青龍、白虎也都消失了。

偌大的道觀，只剩下他和老人兩個人。

「我希望你可以幫我完成一件事。」老人開口了。

「沒問題。」杜子春爽快的答應，連要做什麼事他都沒問。

「先服下這三顆白石丸及這杯酒。」老人把手上的東西交給杜子春。

杜子春二話不說，就把這兩樣東西吞下肚。

「我的仙藥在丹爐中，已經煉了七七四十九天，今夜就是最後的關鍵時刻，我必須要找一個平凡人來看守丹爐，助我修成仙術。」

杜子春點頭，「我明白。仙師請放心，我絕不會讓爐火熄滅的。」

「爐火不需要你守，你只要守住『噤聲戒』就可以了。」

「『噤聲戒』？就是不准說話嗎？這個容易。」

「如果真的這麼容易，我又何必找你來呢？你會看見許多幻象，擾你心神，動你心性。你不僅不准開口說話，連一點聲音也不可以發出來。」

老人接著拿出一張虎皮墊鋪在西邊的牆角，要杜子春面朝東方坐下。

待他坐定後，便告誡他：「記住，無論看見什麼，千萬不可出聲。一切都是假象。」

老人說完便離開了，留下滿腹疑問的杜子春。他看看眼前的丹爐，看看院子裡的大水甕，再看看底下坐著的虎皮墊，這究竟會是怎樣的一個夜晚呢？

杜子春想起小時候玩過的裝死遊戲，就是把自己當成沒感覺的死人，自然不會發出聲音。這又有什麼不容易呢？

杜子春不出一點聲音，整座道觀好安靜，只有火焰熊熊燃燒的聲響。他從不知道，火苗竟然也是有聲音的，雖然這麼輕微。

杜子春坐著坐著，眼皮子漸漸重了，畢竟趕了一整天的路。奇怪的是，他什麼東西都沒吃，竟也不覺得餓。不知道老人給他吃的那三顆石子一樣的小白丸是什麼東西？

正當杜子春精神開始渙散，外面突然傳來震天動地的叫喊聲。他好奇的往外張望，只見整座山頭布滿了千軍萬馬，烽火連天，旌旗飄飄，戈矛閃光，將原本已經被黑夜籠罩的山谷，照耀得好像白晝一樣，緊張的氣氛彷彿就要隨時開戰。

這時，一個身高一丈多，穿著耀眼金鎧甲、騎著高大駿馬，面目凶惡，自稱是大將軍的人忽然出現在道觀前。大將軍身旁的護衛有幾百人，全都舉著劍、張起弓，直逼進杜子春面前。

見到杜子春一動也不動的坐著，所有護衛都大聲斥責他：「你是什麼人？好大的膽子，見到大將軍竟敢不迴避！」

杜子春一句話都沒說，就這麼瞪著眼前千百隻凶狠的眼睛。

「快報上你的名，否則一刀砍死你！」有的護衛已經把大刀架在杜子春的脖子上。

杜子春還是不理人。

護衛非常生氣，全都大聲吼著：「殺死他！殺死他！殺死他！」

難道這就是幻象？為什麼這幻象如此真實？連刀鋒劃在頸上的尖銳感都如此真切。他感覺到自己全身的雞皮疙瘩都起來了。

但他仍是文風不動。這是給老人的承諾。

大將軍見杜子春不被威脅所屈服，只好怒氣沖沖的帶著士兵離開，臨去時捲起一陣大風，差點把杜子春吹倒。

只不過一瞬間，原本喧囂的山頭，又陷入死寂。

杜子春正覺不可思議的時候，忽然從道觀四周湧進一陣陣令人作嘔的腥臭味。

杜子春好不容易忍住嘔吐的感覺，卻發現四面的窗口、牆面、地板，全都爬滿了成千上百隻的蝮蛇、毒蠍和蜈蚣，密密麻麻的朝著他爬過來。接著，猛虎、毒龍、獅子也出現了，全都張著飢餓的大口，一步步向杜子春逼近。

第一次看見如此可怕的景象，杜子春忍不住顫抖，但他拚命忍住呼叫救命的恐懼感，拚命告訴自己一切都不是真的。

可是，眼前的腥臭味如此真實，流著黏涎的嘴巴也是如此真實……就在杜子春驚慌失措的當下，忽然，所有的毒獸猛獸都飢渴的撲向他，張起利口就撕咬。

每一口的撕裂聲都是那樣真實，杜子春感覺到自己的肉正一瓣瓣的被咬掉，他只好閉起眼睛。

沒多久，那些飢渴噬血的聲音不見了。

杜子春慢慢睜開一邊的眼睛，整座道觀好安靜，連一隻蚊子也沒有。

杜子春還來不及喘一口氣，外頭突然雷電交加，雷聲轟隆隆的響著，大雨滂沱得就像要把整條黃河的水都倒進道觀裡。

就在整座山頭幾乎要崩裂的瞬間，忽然又吹起一陣夾雜著細沙礫的怪風，怪風吹進道觀，不僅像千百萬支針一樣，扎得杜子春的臉生疼，讓他撲簌簌的直流淚，也把所有的燭火都吹熄了，一下子天昏地暗，什麼都看不見。

雖然滿臉刺痛，但杜子春仍一聲不吭。

刺痛感才消退了一些，剎那間，一個個燃燒著的火輪忽然冒出，火輪到處滾來滾去，有好幾次燒到他，在灼燒的疼痛中，還伴著一縷縷肉被燒

焦的臭味。

杜子春只是忍著，心想，只要忍過去就沒事了。

這時，道觀外的雨勢愈來愈大，滾滾洪水開始湧進道觀，就像海嘯一樣，一波波洪水把杜子春打得搖晃不已。

水位愈來愈高，幾乎就要把杜子春淹沒，在連喝了好幾口髒水之後，杜子春努力伸長脖子，希望可以再吸到一些空氣，他已經沒辦法再憋下去。

即使如此危急，窒息的感覺如此真實，杜子春仍沒有開口呼叫。

就在杜子春快要昏迷時，洪水忽然退去了，整個地面乾淨得連一點水漬也沒有。

正當杜子春迷迷糊糊時，那位面目凶惡的大將軍又出現了。這次跟在他身邊的，是地獄裡的牛頭馬面和猙獰的厲鬼。

厲鬼將一口裝滿滾水的大鍋放在杜子春面前。

「報上名來，就把你放了，要是還嘴硬的話，就讓你試試熱鍋的感覺！」厲鬼用長矛和鐵叉威脅著杜子春。

杜子春依舊閉緊雙脣。

「你真是不見棺材不掉淚。把她帶上來。」牛頭馬面喝斥著。

遠遠的，響起鐵鍊拖磨地面的聲音。那聲音如此淒厲、令人頭皮發麻。

他們到底要怎麼樣啊？

杜子春在心底哭喊，這些幻象已經足以摧毀我了，我撐不下去，再也撐不下去了！

這時，一個披頭散髮的女人被厲鬼拖進來。厲鬼一邊拉著她走到杜子春面前，一邊對她拳打腳踢，淒慘的哀號聲讓杜子春忍不住抬起頭看她。

沒想到，眼前這個滿臉血痕與淚痕的女人，竟是他的妻子，林芸。

怎麼會是芸兒？杜子春都快嚇暈了。她不是好端端的在家裡等我嗎？怎麼會被牛頭馬面押到這裡來？

芸兒，到底發生了什麼事？我不是才離家沒多久嗎？你不是答應我要等我回來的嗎？

「這是誰？你應該知道吧！」牛頭馬面冷笑著：「只要你開口，我們就放了她。」

杜子春瞪著林芸看，錯愕得失去反應，腦中一片空白。林芸死了？我的愛妻已經死了？

厲鬼開始折磨他的妻子，用鞭子打她，用刀砍她，用箭射她，還用大火燒，用熱水煮。

百般折磨後，林芸再也受不住這些痛苦，苦苦哀求著杜子春：「子春，我真的受不了了……子春，求你開口啊！子春，我不奢求富貴，也不要權勢，我只要跟你在一起……我真的只想跟你在一起一輩子啊……子春……

只要你開口求饒……他們就會放了我……」

妻子又哭又叫的，但杜子春始終沒開口。

見杜子春動也沒動，半天不作聲的大將軍說話了：「既然你無情，也就別怪我用更凶狠的手段伺候你的妻子。」

他命令厲鬼搬來銼碓，從林芸的腳開始一寸寸銼去她的骨肉。林芸的哭叫聲愈來愈淒厲，杜子春心如刀割。

杜子春看著妻子無助的眼神，知道只要自己開口，隨便一個聲音就能讓妻子得救。

可是老人的話卻一遍遍的在他的耳畔回響：一切都是假象……一切都是假象……一切都是假象……

滿滿的混亂攫住了杜子春，讓他幾乎喘不過氣。

突然，妻子安靜下來，不再聲嘶力竭的哭喊，只是靜靜的看著杜子春。她的眼睛裡沒有驚恐，沒有怨懟，只剩下最純粹的溫柔。當年，她剛嫁到杜家的時候，也是用這樣的眼神包圍著杜子春。

杜子春一直記得。

有一天他們去溪邊遊玩，杜子春冷不防的走到林芸的身後，緊緊摟住她，林芸笑著說這樣讓人瞧見不好，她會害臊。

「你是我的妻子，誰管得著呢？」杜子春不以為意。

林芸還是害羞的掙脫了老半天，卻怎麼也離不開杜子春的懷抱。

「好吧。誰叫你是我的丈夫。」林芸嬌嗔的放棄了。

「芸兒，」杜子春說著，忽然拿出一個用花編成的戒指套到林芸的指間，「這輩子，下輩子，下下輩子，下下下到一萬個輩子，我都要許你當我的妻子。你願意嗎？」

林芸看著指間的花戒指，看著這只在杜子春的指尖穿繞過的承諾，無限柔情在胸臆中蔓延。她知道杜子春對她好，卻不知道自己在他的心中，竟有如此深刻的位置。

她抬頭看著杜子春，仔細記憶眼前這個男人的模樣。她也要記住，下輩子，下下輩子，下下下到一萬個輩子，她一定要當他的妻子。

「我願意。」她凝視著杜子春。

這個眼神，曾經在溪邊深情許諾的眼神，如今卻在這個時刻，重現了。

杜子春的心好痛好痛，只要他開口求情，芸兒就不會再受苦。他不是離家前才承諾過不會再讓芸兒受苦嗎？怎麼才一轉眼，就忍心看著她承受駭人的苦刑。

紛亂的思緒讓杜子春陷入掙扎，只要開口，芸兒就得救了……只要開口，芸兒就得救了……只要開口……

芸兒，請原諒我！

杜子春終於閉上眼睛，淚水緩緩從臉頰滑下。無論芸兒的叫聲是如何的淒厲，他都沒有發出聲音。

見杜子春如此無情，大將軍很生氣，「這個人一定有妖術，不能留他在人間為害！來人啊，把他斬了。」

唰的一聲，杜子春還來不及反應，人頭就已落地。他的魂魄被牛頭馬面拘提著，下到地府去見閻王。

閻王見到杜子春，大為詫異，「這不是雲臺峰上那個妖孽嗎？來人，把他拖進十八層地獄。好好折磨，看能不能讓他恢復人性！」

被判入十八層地獄的杜子春，受盡油鍋、石磨、火坑、刀山等所有的酷刑。但杜子春一直謹記老人的話，一切都不是真的……一切都不是真的……無論這些痛苦如何真實，他完全不吭聲的挨了過來。

等到杜子春熬過地獄所有的酷刑，仍不發一語後，閻王也嚇了一跳。他認為這個人實在太不可思議，太陰險狡猾，完全不是正常人的反應。

閻王瞪著被折磨得不成人形的杜子春，「如果再讓你當男人，天下一定會被你這個妖孽搞得大亂，」於是大筆一揮，「投胎去當女人。」

閻王說完，就把判筆朝杜子春的眉心用力丟去。忽然，金光大閃，螫得杜子春睜不開眼睛。他再次睜眼時，發現自己的身體被包裹在棉布裡。

他成了女娃娃。

尾聲

清涼的泉水

「恭喜老爺，夫人和女娃兒都平安無事。」丫鬟急忙跑來報喜。

「好，好。平安就好。」著急了一整天的王勸，終於鬆了一口氣。

原以為這輩子注定無後了，沒想到老天爺還願意給他們夫妻一次機會。雖然不是兒子，但有個女兒，也算了卻心中一件憾事。

「老爺……」丫鬟怯怯的說：「有件事一定要讓您先知道……女娃兒……一直沒哭過。」

「怎麼會這樣？還有沒有其他問題？」王勸的心涼了半截。好不容易才盼到一個女兒，難道老天爺還跟他們開了玩笑？

「接生婆說女娃兒對四周的東西都有反應，就是不知道為什麼連一聲啼哭都沒有。」

這個出娘胎就不曾啼哭的女娃兒，正是轉世後的杜子春。

當初閻王大筆一丟，便把杜子春轉判成宋州單父縣縣丞王勸的女兒，今世的她名為王春。

王春出娘胎後便體弱多病，每天扎針吃藥，從未間斷。

然而，無論扎針多痛、草藥多苦，王春就是不哭不叫。連奶媽不小心讓她掉進小火爐，或是失手讓她滾下床，王春也只是睜著大眼睛，什麼聲音也沒有。

「難道是啞巴？」王勸雖然這麼想，還是請來無數個大夫為女兒看病，只是怎麼查也查不出原因。

不過王勸並不想把王春的沉默當成殘疾。他就像所有疼愛女兒的父親一樣，只要有時間，就會帶著王春到處走走，並常常跟王春說話。他總認為，將來有一天，王春會突然開口。

長大後的王春，容貌甚美，氣質過人。如此脫俗的女孩，讓鄉裡的男人非常傾心。尤其是同鄉的進士盧珪，發誓一定要娶她進門，一定要王春當自己的妻子。

不過，王家的人可不這樣想。

尤其是王勸，他並不想讓女兒去受苦。那麼多年了，王春始終不曾開口說過一個字，這讓王勸很傷心。但無論王春說不說話，只要待在家，她就是全家的寶貝，更是王勸的心頭肉，要是嫁了出去，當真吃了苦的話……誰知道啊？

不管王家如何推辭，盧珪就是不放棄。

他努力展現誠意給王勸看，要他相信自己完全不介意王春是啞巴的事。「老師，娶妻是娶德，只要心意相通，什麼困難都可以克服。」盧珪信誓旦旦的說。

王勸捋捋鬍鬚尋思著。

他看著眼前這個男人，這個自己教出來的學生，不知道他是不是真的適合王春？

「老師，我以為世間女子總是多嘴多舌，易生是非，像春兒這樣的姑娘，才是真正的賢德。我……真的很喜歡王春，我保證會真心疼惜她。」盧珪說著，幾乎要跪下來了。

這已經是盧珪第幾次求他？王勸不記得了。不過，他一直很喜歡盧珪這個年輕人。

從小父母就早逝的盧珪，靠著雙親留下來的一些錢過活，雖然身世可憐，但從沒放棄過，不僅用功讀書，人品也很不錯。後來當了王勸的學生，還努力考上進士，鄉裡人提到盧珪，總稱讚他是好榜樣。

雖然是這樣的好男人，王勸還是不放心。畢竟女兒嫁出去之後，他再也不能時時刻刻保護她。

這件婚事，王勸考慮許久才點頭答應。其實王春對盧珪也很有好感，只不過要把女兒交給另外一個人，王勸是真的捨不得。

不肯放棄的盧珪，終於歡歡喜喜把王春娶進門。

盧珪和王春的感情非常好，雖然無法用言語表達愛意，但兩個人之間也培養出屬於彼此的默契，只羨鴛鴦不羨仙，幾乎羨煞了所有看過他們相處的人。

兩年後，王春還替盧珪生下了一個男孩，名喚盧孟。

王春非常疼愛盧孟，她喜歡抱著他，將彼此的臉蛋親暱的貼在一起。盧孟似乎也很喜歡這個臉貼臉的遊戲，常常王春只要把臉貼上去，他就會樂得咯咯笑。

然而，除了喜歡聽盧孟清亮的笑聲，其實王春更愛看著盧孟的眼睛。不知道為什麼，那雙黑白分明的眼瞳，常會讓她看得出神，彷彿在哪裡見過，如此熟悉，讓人安心。

王春以為自己的人生就是這樣了，雖然沒辦法說話，但日子也過得順心如意。她很感激父親為她挑選了一個好夫婿，而她也很幸運遇到一個好男人。

有一天，王春正在打掃庭院，盧珪忽然抱著盧孟到後院找她。

盧珪拍拍王春的肩。

王春回頭看，盧孟正對著她笑呢！

「我聽說，你的耳朵和聲帶並不是真的有問題。」盧珪指著王春身上這兩個地方。

王春不明所以的看著盧珪。她覺得今天的盧珪好像變成另一個人。

「也就是說，你明明聽得見我說的話，卻不想回應我。」盧珪繼續說著。

王春不解，她不懂盧珪為何要提這件事，他不是很早就知道她不會說話嗎？

「我在猜……」盧珪冷笑了一聲，「你是不是因為瞧不起我，所以才不想跟我說話？」

這究竟是怎麼回事？王春不明白盧珪今天是怎麼了，怎麼淨說這些奇怪的話。

「我究竟是不是你的丈夫？」

王春點頭。

「那就開口說話，隨便一個字都好。」盧珪一字一字的說，聲音很冷酷。

但王春什麼都沒說。

「為什麼不說話？我從來沒要求過你什麼，如今只想聽你開口說一個字，有那麼難嗎？」

王春看著盧珪，不明白他究竟想幹什麼。

盧珪突然大怒，「是你無情在先，可別說我沒給你機會。」

盧珪說完，忽然抓起盧孟的腳，並作勢要將他砸向石頭，「就當我們沒生過這個孩子。」

盧孟嚇得號啕大哭。

王春瞪著盧珪，眼睛裡的怒火幾乎就要把盧珪燒死，但她仍然沒有開口說話。

兩人對峙好一會兒，盧珪才慢慢把孩子放下。

「你走吧，連孩子性命都不顧的女人，根本不配當母親。」

於是，盧珪當著盧孟的面，惡狠狠的把王春趕出去，並且不准他們母子再相見。

雖然被盧珪趕出家門，但王春沒有跑回娘家找父親哭訴，而是咬緊牙關，繼續過生活。

她向附近人家借了一些錢租下一間小木屋，即使不能見面，她也不想離盧孟太遠。

每天，王春都會上山砍柴，除了用柴薪換取微薄的生活費，更重要的是，她發現從山上遠眺，可以看見盧珪的家，還能瞧見盧孟在庭院裡玩耍的身影。

即使不能相伴左右，但她知道自己可以透過這樣的方式陪孩子長大。因為，她是他的母親。

有一天，王春上山沒多久，突然發現天空泛著詭異的紅光。起先王春不以為意，沒想到紅光愈來愈亮，轉眼間，一顆顆火流星忽然從天外急速飛來。

王春嚇了一跳，趕緊躲到山洞裡，深怕被火流星波及。然而火流星卻愈來愈多，一顆顆劃過天際，其中還有幾顆擊中山腳下的房屋。

被火流星擊中的屋子，先是冒出幾縷黑煙，接著竄出火舌，更在風勢的推助下，星星之火蔓延成狂暴的火海，一間間房屋開始被祝融神吞噬。

火流星繼續點燃更多人家的屋子，王春費力的眺望，看見其中一顆火流星，竟直直飛去盧珪的家。沒多久，熊熊大火竄向天空，盧珪的家也陷入火海之中。

王春想都來不及想，立即飛奔下山，只恨自己不能生出一雙翅膀。

焦急的王春飛奔下山後，穿過一片哭天喊地的聲音，穿過四散逃命的人群，終於跑到盧珪的家門前，可是眼前的一切早就被大火包圍。

「王春，不要再過去了，太危險了。」

「王春，你進去一定會沒命。」

「王春，你別傻啊……」

在眾人的驚呼聲中，王春不顧一切衝進已經在焚燒的房子。她知道，只要稍微遲疑，一切就會來不及。

在濃濃的煙霧和炙燙的火勢中，王春到處尋找盧孟，卻怎麼也找不到。

最後，她衝進最裡面的房間，也是火勢最大的房間。

她聽見了哭聲。角落裡傳來盧孟的哭聲，王春睜開已經被煙燻得淚水直流的眼睛，四處查看，終於在牆角找到盧孟。

看見盧孟安然無恙，她終於鬆了一口氣。王春再也顧不得身上被火灼燒的疼痛，她正想衝過去抱起盧孟時，突然聽見嗶剝一聲，屋頂的大梁已經被燒得斷裂，其中最大的一截，正直直砸向盧孟的頭。

來不及了！一切都來不及了！

盧孟，我的孩子——

「啊！」

「啊！」

聲音未落，杜子春發現自己仍坐在雲臺峰的道觀中。他看看四周，道觀的正中央，依然是那座九尺高的煉丹爐；而他坐著的地方，底下依舊墊著那張虎皮墊。

他不是王春嗎？不是正想從火場中救出盧孟嗎？

只在一瞬間，杜子春還搞不清楚究竟發生了什麼事，煉丹爐裡的紫色火焰忽然竄上屋梁，凶猛的火勢立刻包圍了道觀，杜子春閃躲不及，頭髮也著火了。

這是真的嗎？還是幻象呢？

杜子春瞪著自己的頭髮，思忖著。

「還不快跟我來。」

老人忽然出現，連拖帶拉的把杜子春扯到水甕邊，急急將他的頭壓進水裡滅火。

突如其來的冰涼，讓杜子春明白自己已經壞了仙師的事。

啊！我到底還是發出了聲音，為了我的孩兒，為了我是個母親。

我毀了仙師最重要的一刻。

他的丹藥沒煉成，修不得仙術，而我，畢竟只是個逃不過七情六欲的平凡人。

杜子春在水甕中嘆息，睜開雙眼。

卻在一池清泉間，杜子春忽然看見自己的母親了。

她再也不是躲在後院的女鬼，更不是只在夜半才出現的神祕女人。

他也看見盧孟了，那個喜歡與他微笑對望的盧孟，那個躲在牆角等著母親來救他的盧孟。

母親的臉和盧孟的臉漸漸合而為一，他們有著一模一樣的眼睛，此刻正溫柔的凝視著杜子春。

杜子春深深的回望著，剎那間，彷彿有什麼東西被觸碰到了。

在清澈的泉水裡，他終於確定，為什麼對這雙眼睛，有著連自己都不

a = V²/R
ON
OFF
T=298K, P=1 atm, ideal gas
g = GM/R²

明白的安心。

因為，當年還在襁褓中的自己，就是被這雙眼睛全心全意的包圍，即使身陷火場，也是這雙眼睛在看顧他。

「娘！」

杜子春第一次真心喚出這個曾經因倔強而錯過的聲音。

而同時間，曾經被紅火蟻夢魇困住的杜子春；不肯原諒女鬼母親的杜子春；揮霍無度的浪子杜子春，都在一池清泉中，消融無形了。

杜子春從水甕中抬起臉，溼淋淋的頭髮如同瀑布，初昇的陽光柔和的照亮了臉頰。

他從長久的自縛中被釋放了。

這是一個全新的杜子春。

附錄一

曼娟老師會客室

各位大朋友小朋友，讀完這個故事，你是不是也想知道，這個故事和一千多年前的原著有哪些不同？令人害怕的牛頭馬面，是從哪裡來的呢？你知道有個地方叫做「鬼城」嗎？

曼娟老師特別邀請她的好朋友林清盛，和大小讀者一起分享這個我們既熟悉又陌生的「杜子春的故事」，從千年前的《唐傳奇．杜子春》，到現代版的《火裡來，水裡去》，一起探索這穿越千百年時空的「故事裡的故事」……

烈士池與杜子春

曼娟老師——《火裡來，水裡去》這個故事，改編自唐朝很有名的小說《杜子春》，清盛哥哥以前聽過嗎？

清盛哥哥——有，杜子春的形象是個散盡家財的敗家子。他的故事非常富有警世的意味，臺灣的歌仔戲也經常演出。

曼娟老師——這個故事是唐朝的傳奇小說之一，作者叫李復言。不過，《杜子春》這部小說並不是作者的原創，而是舶來品。在中國古代，其實有很多故事都是舶來品。而且好像都是從唐朝開始，由於佛教傳入中國，其他國家的傳統故事也因而進入中國。

其中最重要的，就是印度佛經裡的一些故事。

印度佛經裡，有一個故事叫《烈士池》。一位隱居修道的人，在烈士池旁邊結了一間草屋，希望能夠修得長生不老的法術。他找到一個烈士，在修道的最後一

古文摘錄

杜子春者，蓋周隋間人。少落拓不事家產。然以志氣閒曠，縱酒閒遊，資產蕩盡。投於親故，皆以不事事見棄。

個晚上幫他守著，因為那是非常重要的時刻。清盛哥哥，你會希望自己能修得長生不老嗎？

清盛哥哥——我比較想修得幸福平安的生活，而不是長生不老。而且，只要能盡力做好自己的本分，其實幸福平安的生活並不難得到。

曼娟老師——我也不想修得長生不老。我想修的是一種健康的生活，這也是從生活當中就可以求來的。只要多花一點時間運動，不要暴飲暴食，也不要偏食、挑食，再加上早睡早起，就可以讓自己變健康，擁有健康的生活。

這個隱居的道士希望自己能修得長生不老，他找到烈士，給了他很多錢，還告訴他，錢用完了也沒關係，可以再來拿。烈士真的一而再、再而三來找道士，道士也真的每次都給他很多錢。

這個故事其實也是告訴大家，不要隨便拿別人的錢。別人一定是有求於你，才會這麼做。果然，道士真的有求於他。道士告訴烈士，他沒有什麼要求，只希望烈士可以整整一夜不發出聲音，不知道他能不能做到？

清盛哥哥——如果沒有仔細想，大家會以為很簡單，其實這非常困難。有時候不小心睡著了，都可能會打呼，說不定還會磨牙呢。

不動不語

曼娟老師——對，不發出聲音是很困難的。但是烈士心裡想，這又不困難，而且

古文摘錄

於是袖出一緡、曰、「給子今夕。明日午時、候子於西市波斯邸。慎無後期。」及時、子春往。老人果與前三百萬、不告姓名而去。

他拿了道士那麼多錢，「拿人錢財與人消災」，就接下這個任務。他拿著一把長刀，站在祭壇旁守著，道士也開始作法。一個晚上過去了，平安無事，烈士也沒有發出任何聲音，沒想到就在天快亮的時候，出現了很多非常可怕的幻影。烈士最後忍不住，終於大叫了一聲。

他一出聲，就有火從天上掉下來，四周都燒起來了，連道士和烈士身上都是。道士趕快將烈士帶到池中避難，問他究竟看到了什麼，在最後關頭發出聲音？烈士回答，他看到了自己的小孩被殺，終於忍不住發出聲音。之前看到再可怕的幻象，他都可以忍，但是看到孩子被殺，他就再也忍不住了。

《唐傳奇》裡，杜子春的故事情節跟這個故事幾乎一樣，只是換了背景與人物，將主角換成古今聞名、最大的敗家子──杜子春。他散盡家產後，遇到一個老人。老人三次給他錢用，最後一次，老人要杜子春和他一起上華山。

老人是個道士，上了華山後，老人告訴杜子春，這個晚上非常重要，請他幫忙看守丹爐，而且必須「不動不語」。清盛哥哥，你有沒有不動不語的經驗？

清盛哥哥——有，不過大概只能維持半個小時到一個小時。「不動不語」有點類似現在所說的「靜坐」。坐著不說話，冥想，讓自己放空，不去想其他事情。

不過我發現，有時靜坐反而會讓所有雜亂的思緒紛至沓來，許多你想過的、沒想過的事情，或你心裡曾經非常渴望的事情，會一股腦全都出現。

這會讓心很雜亂，也許就是因為這樣，《烈士池》這個故事裡的烈士，才會看到那麼多的幻影。

曼娟老師——在日常生活裡，「不動不語」對小朋友而言也很困難。要他們不要動，勉強大概可以維持三分鐘。三分鐘之後，他就一定要動一動。

古文摘錄

「子春既富、蕩心復熾、自以為、終身不復羈旅也。乘肥、衣輕、會酒徒、徵絲管、歌舞於倡樓、不復以治生為意。一二年閒、稍稍而盡。衣服車馬、易貴從賤、去馬而驢、去驢而徒。倏忽如初。

「不動不語」其實可以經由慢慢的學習，訓練自己，控制自己在某些時候可以不動，某些時候可以不說話。譬如上課時，不該說話的時候就不要說話，等老師請你說話的時候再說。

清盛哥哥——不該說話的時候，就要學習不動不語。能夠不動不語，才可以專心的學習。

度不過的一關

曼娟老師——杜子春被要求不動不語，在這個過程中有很多非常可怕的事情，歷經惡鬼、猛獸、地獄等種種魔障，他都沒有出聲。最後托生為女人，結婚生子，孩子被丈夫摔死，因為心情激動，不覺失聲叫出。

跟《烈士池》的故事一樣，就在這一刻，大火忽然燒起來，眼前一片火海，他又回到老人身邊。這時杜子春才知道，他所經歷的一切都是幻象。可是已經來不及了，老人的煉丹術就此功敗垂成。

老人告訴杜子春，人世間有喜、怒、哀、樂、愛、惡、欲七種感情，這七種感情裡，有六種感情杜子春都過了，只有一種度不過，就是「愛」，尤其是父母對孩子的愛，最強烈、也最難過得了。

這個故事的情節很新奇，對後來的俗文學作品有不小的影響。例如《醒世恒言》中的〈杜子春三入長安〉，清人戲曲《廣陵仙》和《揚州夢》，都是演述這個故事的。

我們常常看到，父母親對孩子的愛都是立即的，在孩子需要時，立刻滿足他。

古文摘錄

因謂老人曰、「吾得此、人閒之事可以立、孤孀可以衣食、於名教復圓矣。感叟深惠、立事之後、唯叟所使。」老人曰、「吾心也。子治生畢、來歲中元見我於老君雙檜下。」

譬如孩子希望爸爸現在來幫他找鞋子，或是要媽媽幫他找書包，通常爸爸媽媽不管手上有什麼事，都會立刻放下，過來看看孩子需要什麼。

可是當孩子慢慢長大，爸爸媽媽年紀慢慢變老，變成爸爸媽媽需要孩子幫忙。也許是請孩子幫忙找老花眼鏡，或是請孩子幫忙拿個東西，我們卻常常很不耐煩，或者拖拖拉拉，先忙自己的事，讓爸爸媽媽等待。其實，愛要表現在很小的事情上面，爸爸媽媽有什麼需要，孩子就要立刻幫他們做。

清盛哥哥——往往經由一些小事，我們才會發現，「愛」說來簡單，要做到卻很難。

恐懼感與意志力

曼娟老師——在《火裡來，水裡去》的故事裡，還提到了「恐懼感」。每個人都有害怕的東西，故事裡的杜子春怕的是火螞蟻。他小時候曾經遭遇火災，常常夢到火螞蟻攻擊他。

火螞蟻也許非常小，可是如果忘不了牠的傷害，你就會害怕。而且，「害怕」會如影隨形，揮之不去。清盛哥哥，你個子這麼高大，應該沒有害怕的東西吧？

清盛哥哥——這說來慚愧，我怕的是小老鼠，像卡通哈姆太郎那種小老鼠。

我小的時候，有一天家裡的鋼琴忽然出現一窩小老鼠。因為鋼琴的木頭非常堅硬，小老鼠啃了，非常有助於牙齒生長。爸爸決定把這窩老鼠趕出鋼琴，派我守在門口，別讓老鼠跑出去。這是群才出生不久的小老鼠，剛開始會跑，而且還

古文摘錄

子春以孤孀多寓淮南，遂轉資揚州，買良田百頃，郭中起甲第，要路置邸百餘閒，悉召孤孀分居第中。婚嫁甥姪，遷附親族，恩者煦之，讎者復之。

粉嫩粉嫩的長了一些白毛。那一窩一隻隻小老鼠往我的方向跑過來時，我完全不知道該如何是好，當然也不敢用腳踩。

到現在，即使已經是個大人，個子也不小，但只要一想起來，我還是覺得很恐怖，連一隻小老鼠從我旁邊跑過，我都會馬上跳起來。可是如果是別的，即使是蛇爬過、蟑螂飛過，我都不怕。

曼娟老師——恐懼感是種很奇怪、很難形容的感覺。我自己以前最害怕的是狗，後來受到好朋友們的影響，才覺得狗很可愛。

我很小很小的時候，大概才剛上小學一年級，有一天下雨，我穿了黃色的雨衣和一雙小雨鞋去上學。我才走出家門口，就突然跑來一隻大狼狗。想像一下：一隻大狼狗跟一個瘦瘦小小的小女孩，就這麼對峙著，而且周圍一個大人都沒有。

後來我開始移動，沒想到狼狗竟然過來擋我，我往右牠也往右，我往左牠也往左。

後來我做了一個愚蠢的決定：開始跑。

我一跑，狼狗就開始追，還追著不放。後來實在沒辦法，我就跳到別人家的花圃，牠竟然還是追上來。我只好攀著牆就爬，還是沒用，牠咬住我的雨鞋，把我拖倒在地上，還撲在我身上，可能是想跟我玩吧！我嚇壞了，尖叫了起來，後來的事情我都不記得了。

大家都說，那天在街上聽到、來自於我的尖叫聲，是他們有史以來聽到最可怕的。後來大人還笑我，狗急了會跳牆，沒想到你急了也會跳牆。之後，我就好怕狗，不管是大狗或小狗，我都好害怕。

清盛哥哥——不管是害怕老鼠或害怕狗，都算是常常聽到的，也比較容易理解。

古文摘錄

既畢事、及期而往。老人者方嘯於二檜之陰。遂與登華山雲臺峰。入四十里餘、見一處室屋嚴潔、非常人居。彩雲遙覆、鸞鶴飛翔。其上有正堂。中有藥爐、高九尺餘、紫焰焰光發、灼煥窗戶。

還有很多人，他們害怕的東西就比較奇怪、難以理解，例如有人怕鈕釦，有人怕水果，連鳳梨、蓮霧都怕，甚至有人怕紅豆。

曼娟老師——很多小朋友會怕的東西就很常見，譬如怕黑。有時候，也會害怕獨處。不過，小朋友可以試著慢慢練習，你會發現，其實獨處並不可怕，有時候甚至還滿自由的。

我小時候很怕鬼，後來媽媽告訴我，如果世界上真的有鬼，也一定會有神，會有上帝保佑你。媽媽還說，每一個小朋友的身邊，都有兩個天使在保護他。我們看不到天使，但只要做好事，不要做不好或不該做的事，天使就會一直在身邊保護著，所有妖魔鬼怪都沒有辦法接近你；但是如果做壞事，或做了不該做的事了，天使就會離開。

不過，對有些人而言，害怕是自己所造成的。因為他一直告訴自己，某個東西或某件事很可怕、很可怕，後來就真的開始害怕了。

清盛哥哥——面對恐懼，我覺得有些方法可以幫助自己不再那麼害怕。我自己的方法是，跟朋友說一說我害怕的事，害怕的感覺就會降低，之後就比較不怕了。例如，本來我看到老鼠的第一個反應是跳起來，跟朋友談過這種害怕的感覺後，再看到老鼠，我可能只是稍微移動腳步，我的害怕已經有所改善了。

曼娟老師——有時候，也許害怕某種東西或事情的感覺非常強烈，不過如果可以和恐懼面對面，例如跟別人談談你害怕的事，害怕的感覺會慢慢變小，慢慢不會影響生活，最後你甚至可以跟恐懼感安然共處，而不會覺得困擾。

古文摘錄

持白石三丸、酒一卮、遺子春、另速食之。訖、取一虎皮披於內西壁、東向而坐。戒曰、「慎勿語、雖尊神、鬼、夜叉、猛獸、地獄、及君之親屬為所困縛萬苦、皆非真實。但當不動不語、宜安心莫懼。終無所苦。當一心念吾所言。」言訖而去。

從《火裡來，水裡去》的故事，我們看到杜子春不開口說話，這其實也是一個意志力的故事：遇到事情時，你可以堅持下去嗎？不管碰到什麼困難，你都能夠堅持嗎？

靜默的堅持，真的是件很困難的事。杜子春不只是不言，而是全然的靜默，而安靜往往比發出聲音要花更大的力氣。

清盛哥哥——杜子春是靠意志力堅持下去。這很困難。用最簡單的例子來說，要考試了，我們很清楚書沒念完不能睡覺，也告訴自己要用意志力堅持下去，不能睡著，可是多半還是睡著了，還一覺到天亮，不但功課沒寫完，書也沒念完。

曼娟老師——對，其他像不該在電腦前待太久，對身體不好；或者媽媽提醒你，不要吃太多糖果，糖分太高會變胖。但我們還是常常在電腦前一坐幾小時，或是將糖果全部吃光光。這些都和意志力有關。

清盛哥哥——恐懼感和意志力，有很多都和我們的生活息息相關。

地獄裡的牛頭馬面與鬼城酆都

曼娟老師——接下來，在杜子春的故事裡，還有一個很特別的東西：地獄來的勾魂使者「牛頭馬面」。

古文摘錄

俄而猛虎、毒龍、狻猊、獅子、蝮蝎、萬記、哮吼拏攫而爭前欲搏噬、或跳過其上。子春神色不動，有頃而散。既而大雨滂樹、雷電晦瞑、火輪走其左右、電光掣其前後、目不得開。須臾、庭際水深丈餘、流電吼雷、勢若山川開破、不可制止。瞬息之間、波及坐下。子春端坐不顧。

清盛哥哥——我覺得牛頭馬面是中國民間故事裡，具體化形象最強烈的：一個有著牛的頭、或馬的臉，而身體卻是人的形象。除了牛頭馬面，大家很熟悉的還有黑白無常。

小時候也常常在廟會上，看到造型同樣奇特的七爺八爺。他們的長相都很特別，而且不是戴上很高大的面具，就是穿上很寬大的衣服，把身體拉得很長很大，跟一般人的比例不一樣。他們的樣子也很驚悚，通常都是可怕的表情，有的還把長長的舌頭吐出來，臉部的表情也非常多，小朋友看了都有點害怕。

曼娟老師——後來我發現，牛頭馬面不但是地獄冥府的勾魂使者，他們和《我家有個風火輪》裡面的龍王一樣，也是「舶來品」，而且同樣來自佛家的故事。

牛頭本來的名字叫阿傍，他的形象就是牛的頭、人的身體，手上還拿著鋼叉，力氣非常大，一推就可以把山給推倒。他會變成這種樣貌是有原因的。

據《鐵城泥犁經》說：阿傍為人時，因不孝父母，死後在陰間為牛頭人身，擔

任巡邏和搜捕逃跑罪人的衙役。不過，佛經裡面並沒有馬面的故事。是因為牛頭傳入中國之後，民間喜歡所有事情都對稱、成雙，覺得牛頭一個人好孤單，就幫他找一個最佳拍檔，「牛頭馬面」這中國傳統文化中勾魂使者的形象就產生了。

清盛哥哥——牛、馬這些動物，跟古代人們的生活關係很密切，不管是種田或搬運東西，牛跟馬都是經常出現、很重要的動物，大家就很順理成章的將牛頭和馬面配在一起了。現在看起來，相對於其他的鬼怪來講，牛頭馬面其實還滿可愛也滿親切的。

古文摘錄

于是、鎔銅、鐵杖、碓擣、磑磨、火坑、鑊湯、刀山、劍樹之苦、無不備嘗。然心念道士之言、亦似可忍、竟不呻吟。獄卒告受罪畢。王曰、「此人陰賊、不合得作男。宜令作女人、配生宋州單父縣丞王勸家。」

曼娟老師——以前中國大陸四川省的三峽沿岸，有一個城市，在一個高高的山頭上，叫做酆都。酆都就是一個鬼城。你可以想像到的地獄的景象，這裡都有。

酆都位於山上，必須一直往上面走，進城後，會經過像奈何橋這些地獄裡的景象。一層一層愈往裡面走，就會看到牛頭馬面、黑白無常，還會看到閻羅王。

清盛哥哥——最後還有一條長長的走廊，是人們在十八層地獄裡面受苦的樣子。這是警惕人們，在人間的時候不要做壞事。做好事可以上天堂過快樂的日子，做壞事就要下地獄受折磨。不過，因為長江三峽建了大壩，酆都整個城市都被淹沒到水中，再也看不到了。但是它曾經真實存在過。

永恆的母愛

曼娟老師——在《火裡來，水裡去》這個故事，杜子春要接受的不只是意志力的試煉，也是感情的試煉。杜子春小時候並沒有跟親生母親生活在一起，因為母親為了在火海裡救他，被燒成重傷、面目全非。

被火燒傷後，就算用了很好的藥治療，在皮膚即將長好的這段時間，還是非常痛苦。我曾經問過一個被火燒傷的朋友，他覺得最痛苦的時候，就是傷口即將復原時，那時每一寸皮膚的癢，就像有千萬隻螞蟻在你身上咬、在你身上爬。

清盛哥哥——所以，杜子春夢到的，或許是媽媽實際上的感受。杜子春一直夢到火螞蟻，可能是母子連心，雖然一直沒有見到媽媽，卻感受得到媽媽的身體正在

古文摘錄

生而多病、針灸醫藥、略無停日。亦嘗墜火墮床、終不失聲。俄而長大、容色絕代。而口無聲。其家目為啞女。親戚狹者、侮之萬端、終不能對。同鄉有進士盧珪者。聞其容而慕之。因媒氏求焉。

忍受的痛苦。可是他仍然無法理解，為什麼媽媽不跟他在一起？與其讓媽媽被燒到毀容，而且沒有辦法和他在一起，還不如當初就讓他被火燒死，媽媽不要救他，不就好了？

曼娟老師——杜子春帶著這個遺憾過日子。他既無法理解媽媽，又不能原諒自己，直到他經歷了很多試煉，投胎轉世，自己也變成一個媽媽。

清盛哥哥——這個故事讓人覺得母愛非常偉大。每個媽媽都希望自己呈現在孩子面前的是最美好、最完美的一面，出現在孩子的朋友面前時，也要這樣。也許杜子春的媽媽不希望孩子長大後，他的朋友看到她可怕的模樣，才躲起來。

曼娟老師——我相信杜子春的媽媽是這樣想。可是，其實我們慢慢長大，就會了解，這個世界上並沒有完美的人，所以也沒有完美的媽媽。媽媽願意放棄自己享受的時間、快樂的時間，為孩子付出、為孩子做這麼多，這件事本身就已經很完美了。

所以她並不需要成為一個完美的媽媽，只需要成為一個關心孩子、肯為孩子付出的媽媽，這就是完美了。

清盛哥哥——在杜子春的故事裡，我們要看的不是他的揮霍無度，或是他如何堅忍面對所有的困難，更重要的是看看我們跟媽媽「愛」的關係。

曼娟老師——我們的改寫，讓杜子春的揮霍無度，有了一個原因，那就是滿懷愧

古文摘錄

其加以啞辭之，盧曰：「苟為妻而賢，何用言矣。亦足以戒長舌之婦。」乃許之。盧生備六禮、親迎為妻。數年，恩情甚篤。生一男，僅二歲，聰明無敵。盧抱兒與之言，不應。多方引之，終無辭。

疚，而又沒處可訴說。這是母子之間的關係和感情。每個媽媽都用她自己的方式在愛孩子，而孩子對於媽媽的愛，不見得都能領受。杜子春起先是不能接受的，也不能體會，後來自己成了母親，也經歷了像母親所經歷的事，才明白母親的苦心。

透過杜子春，我們才能夠明白，在我們還小的時候，真的不懂父母親是怎麼為我們付出的，也不懂他們為我們做的考慮，其實是為我們好。要到長大以後才能了解，有些事情當初媽媽那麼做的原因是什麼。我們常說「養兒方知父母恩」，就是這個意思。而杜子春也唯有在全心全意了解並感謝母親之後，他才能從火中走出來，浸泡在清涼甘甜的生命之泉。

我們也希望所有的小朋友，在還沒成為父母親的時候，就可以更深一層去體會父母親對我們的付出，好好的學習怎麼樣好好的愛自己的父母親。

來賓簡介

林清盛

花蓮人，東吳中文系畢業。前News98電臺「阿貓阿狗逛大街」節目主持人，現主持飛碟聯播網太魯閣之音「花現193」節目。從小過著有動物相伴的生活，跟著父母養猴、飼龜、育兔，還有環頸雉。十二年相伴的狗狗貝克漢離開後，不知何時會再養狗或當個貓友。

古文摘錄

乃持兩足、以頭撲於石上、應手而碎、血濺數步。子春愛生于心、忽忘其約、不覺失聲云、「噫！」噫聲未息、坐故處。道士者亦在其前。初更矣。

附錄二

曼娟老師私房教案

親愛的朋友，讀完杜子春的故事，是不是讓你聯想起自己和家人或朋友之間的事？有些事我們以為很容易，沒想到做起來很難，就像杜子春答應老人的事；有些事我們以為已經忘記了，但它卻還留在心裡，就像杜子春對母親的愛。讀完了這個故事，你也可以跟身邊的好友、老師、爸爸、媽媽一起分享心裡的感受。下面這些問題，或許可以幫助大小讀者們，更深入的討論與分享：

一 你有害怕的東西嗎？為什麼會怕它呢？從什麼時候開始的？害怕的時候，你都怎麼辦？你會想去克服你的恐懼嗎？

二 遇到困難的時候，你是會逃走的人？還是勇往直前的人？你覺得最困難的事是什麼？你有沒有試過去征服它呢？你有沒有遇到困

難，卻仍努力不懈去完成的事？

三

你覺得當「父母」是一件簡單的事嗎？你覺得「父母」的責任有哪些呢？如果現在就可以變成「父母」，你最想要做什麼？最不想要做什麼？如果你是「父母」，想要擁有什麼樣的孩子？

四

如果你擁有很多錢，最想做什麼事？如果有人想用錢來買你最珍貴的東西，你會答應嗎？

五

如果真的有「轉世」，下輩子你想變成什麼？

【張曼娟奇幻學堂】重讀經典，找回中文的奇幻與魔力

系列特色

1. 由暢銷作家張曼娟精心編選，以新編故事詮釋古典名作，找回中文的奇幻與魔力。
2. 在奇幻故事中融入青少年最關切的啓蒙成長課題，激發同理心，汲取人生智慧。
3. 重讀部分經典原文，再與新編故事相互對照，更具閱讀的深度與及樂趣。
4. 在故事後均附「曼娟老師會客室」、「曼娟老師私房教案」，提供教學與親子活動的最佳參考。

榮譽記錄

- ★ 文化部中小學生優良課外讀物推介
- ★ 德國法蘭克福書展臺灣館優良圖書推薦
- ★ 榮登誠品、博客來書店暢銷榜
- ★ 入選北市圖「好書大家讀」故事文學組
- ★ 義大利波隆納童書展臺灣館優良圖書推薦

我家有個風火輪
封神演義・哪吒的故事

火裡來，水裡去
唐傳奇・杜子春的故事

花開了
鏡花緣・唐小山的故事

看我七十二變
西遊記・孫悟空的故事

【張曼娟成語學堂 I & II】看故事學成語，體會才能活用

系列特色

1. 由知名作家張曼娟策劃、編選，以新編故事介紹成語典故。
2. 「好讀」、「好親近」的故事主題，幫助孩子理解活用。
3. 附有成語典故、解釋，及相似、相反的成語，一本書收錄的成語達150個以上。
4. 照成語的難易度分成中級、晉級、高級、少年，循序漸進的學習更有樂趣。

榮譽記錄

- ★ 文化部中小學生優良課外讀物推介
- ★ 義大利波隆納童書展臺灣館優良圖書推薦
- ★ 榮登誠品、博客來書店暢銷榜

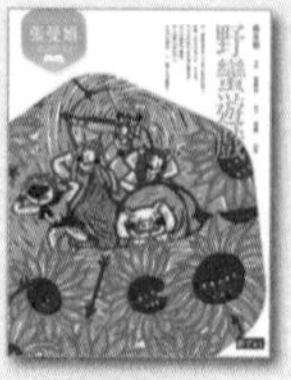

野蠻遊戲

尋獸記

我是光芒！

爺爺泡的茶

胖嘟嘟

完美特務

山米和浪花的夏天

星星壞掉了

【張曼娟唐詩學堂】看故事學唐詩，啟發孩子對生命與文學的美感體驗

系列特色

1. 由知名作者張曼娟策劃、編選，以新編故事詮釋古典詩作，啓發文學美感。
2. 貼近生活經驗的主題，最能引發年輕讀者的同理心及認同感。
3. 囊括唐詩四大流派，每讀完一本書就能輕鬆理解一種唐詩派別。
4. 附有80首唐詩原文、語譯、賞析，詩人生平，及40首相關詩作。

榮譽記錄

- ★ 文化部中小學生優良課外讀物推介
- ★ 教育部國民中小學新生閱讀推廣計劃選書
- ★ 榮登誠品、博客來書店暢銷榜

詩無敵
—李白

讓我們看雲去
—王維、孟浩然

邊邊
—邊塞詩

麻煩小姐
—杜甫

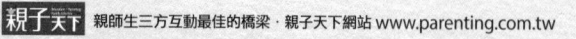

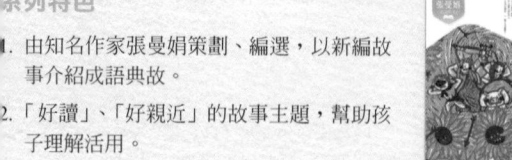

張曼娟學堂系列

上市十年·全新內容

為經典刻畫新妝，從故事汲取智慧，跟著曼娟老師提升中文力，讓年輕的心靈充滿善意

「中文力」不僅能提升國語文程度，而是提升一切學科的基礎，這已經是陳腔濫調了。中文力，不僅是閱讀力，還有理解力與表達力。能不能看懂考題，在考試時拿高分，固然重要。然而，更大的隱憂卻是，應付考試，得到高分的歲月，只占了短短幾年，孩子們未來長長的人生，假若沒有足夠的理解與表達能力，他們將如何面對社會激烈的競爭？如何與他人建立良好的人際關係？這樣的擔憂與期望，才是我們十年來投入許多心血與時間，為孩子創作的初衷。

感知到孩子無邊無際的想像力，在成長中不斷消失，於是創作了【奇幻學堂】；察覺到孩子對成語的無感，只是機械式的運用，於是創作了【成語學堂】；發現到孩子對於美感和情感的領受，變得浮誇而淺薄，於是創作了【唐詩學堂】。

十年，彷彿只在一瞬之間，許多孩子長大了，許多孩子正在成長，我們仍在創作的路上，以珍愛的心情，成為孩子最知心的陪伴。

——策劃人 張曼娟

系列新書

【張曼娟論語學堂】2017年8月隆重推出

構思十年，【張曼娟學堂】全新企劃
以輕鬆動聽的新編故事，重新詮釋傳承千年的儒家經典

夢行者

策劃／張曼娟　撰寫／高培耘
繪圖／江小A　定價／320元

孔鬍子先生說

策劃／張曼娟　撰寫／黃羿瓅
繪圖／六十九　定價／320元

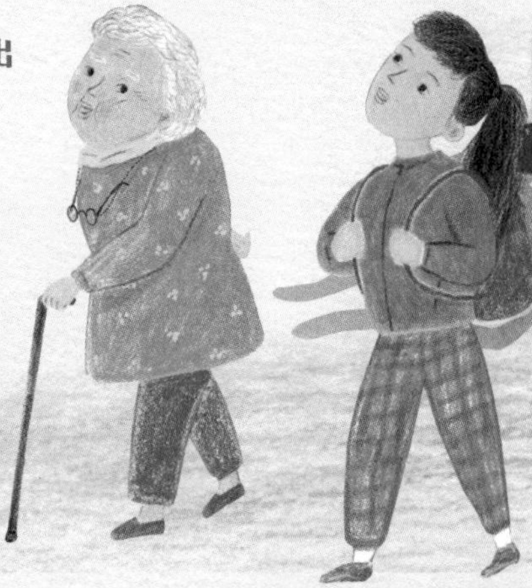

【張曼娟閱讀學堂】嚴選共讀書單，教出表達力與思考力

系列特色

1. 八大主題，讓孩子在閱讀中涵養品格。
2. 嚴選72本書單，囊括繪本、橋梁書與小說，循序漸進，分齡增進閱讀力。
3. 三大單元兩大活動，從賞析、提問到寫作，完整學習規劃，提供多元閱讀體驗。
4. 張曼娟小學堂讀書會經驗分享，帶領技巧簡單上手好運用。

親愛的閱讀樹

友好的閱讀樹

張曼娟學堂系列 002

張曼娟奇幻學堂

火裡來，水裡去

唐傳奇・杜子春的故事

策劃・作者｜張曼娟、高培耘
繪　　者｜蘇子文

責任編輯｜李幼婷
特約編輯｜游嘉惠
編輯協力｜張文婷、劉握瑜
視覺設計｜霧室
封面設計｜王薏雯
行銷企劃｜葉怡伶

發行人｜殷允芃
創辦人兼執行長｜何琦瑜
副總經理｜林彥傑
總監｜林欣靜
版權專員｜何晨瑋、黃微真

出版者｜親子天下股份有限公司
地址｜台北市 104 建國北路一段 96 號 4 樓
電話｜（02）2509-2800　傳真｜（02）2509-2462
網址｜ www.parenting.com.tw
讀者服務專線｜（02）2662-0332 週一～週五：09:00~17:30
讀者服務傳真｜（02）2662-6048
客服信箱｜ bill@cw.com.tw
法律顧問｜台英國際商務法律事務所 ・ 羅明通律師
製版印刷｜中原造像股份有限公司
總經銷｜大和圖書有限公司　電話：（02）8990-2588

出版日期｜ 2017 年 7 月第一版第一次印行
　　　　　2021 年 1 月第一版第五次印行
定　　價｜ 320 元
書　　號｜ BKKNA002P
I S B N｜ 978-986-94983-1-9（平裝）

訂購服務

親子天下 Shopping ｜ shopping.parenting.com.tw
海外 ・ 大量訂購｜ parenting@cw.com.tw
書香花園｜台北市建國北路二段 6 巷 11 號　電話（02）2506-1635
劃撥帳號｜ 50331356 親子天下股份有限公司

立即購買 >

有聲故事書

國家圖書館出版品預行編目 (CIP) 資料

火裡來，水裡去：唐傳奇・杜子春的故事 /
張曼娟, 高培耘撰 ; 蘇子文繪圖. -- 第一版. --
臺北市 : 親子天下, 2017. 07
176面 ; 17×22公分. -- (張曼娟奇幻學堂 ; 2)
(張曼娟學堂系列 ; 2)
ISBN 978-986-94983-1-9(平裝)
859.6　　106009425